AF347573

Enrico Bernard

Der letzte Kapitalist

(Holy money)

BeaT

Die Erzählung *Der Letzte Kapitalist* ist auf dem Theaterstück *Holy money* von Enrico Bernard, das in Rom und New York aufgeführt wurde, basiert. Aus dem Stück wurde auch ein englischsprachiger Film mit der Regie von Enrico Bernard gedreht. In den Hauptrollen spielen Martin Kushner und Ava Mihalovic.

Eine Produktion von Occupywallstreet und Dunkykiller Filmproduction.

https://www.youtube.com/watch?v=1r9d36qInZ4&t=709s

© Erste deutsche Ausgabe 2025
Beat entertainmentart
Speicherstrasse 61
9043 Trogen - Schweiz
entertainmentart@gmx.net
ISBN
paperback 9783038412236
hardcover 9783038412243
ebook   9783038412250

DER LETZTE KAPITALIST

(Holy money)

I

Green *Vermont*, der grüne Staat im hohen Norden der Vereinigten Staaten, erstreckt sich von Massachusetts bis zur Grenze zu Kanada, die von einem unwegsamen Gebirgszug, den Hadirondacks, markiert wird, an dessen Fuß wie ein schlafendes Krokodil der *Champlein-See* liegt, Schauplatz der Schlacht von 1814 zwischen den Briten und den Franzosen um den Besitz von Quebec.

An den ruhigen Ufern des riesigen Gewässers, das durch das von den beiden Armeen vergossene Blut rot gefärbt war, stehen heute reizende Cottages im rustikalen Stil, aber mit allem erdenklichen Komfort ausgestattet, inmitten des Grüns der Birken und umgeben von Rasenflächen, die in der Sonne glänzen wie die Grüns von Golfplätzen. Zu Beginn des Sommers ziehen wohlhabende Angehörige der amerikanischen Oberschicht (ehemalige Geschäftsleute und Industriekapitäne am Rande des Herzinfarkts oder der Demenz), nachdem sie in der Hitze Floridas überwintert haben, nach Norden an die kühlen Ufer des Sees, um die Vorzüge der grünen Natur beim Reiten, bei sportlichen Hobbys oder einfach im Schoß der bequemen kanadischen Holzstühle, der *Vermonter*, zu genießen und die malerische Berglandschaft zu bewundern.

Diese spartanisch anmutenden Stühle aus massivem Holz, die grün gestrichen sind, um sich in die besonders üppige Sommervegetation einzufügen, als wollte sich die Natur für den eisigen Winter und den in dieser Gegend kräftigen Schneefall rächen, sind stattdessen eine Falle für diejenigen, die beschließen, sich auszuruhen, indem sie sich für ein paar Augenblicke zurückziehen. Was für ein Moment! Der *Vermonter* ist so konzipiert, dass der Körper eine Haltung einnimmt, die das Gefühl der Schwerelosigkeit vermittelt. Die Rückenlehne ist absichtlich verlängert, damit man den Kopf darauf anlehnen kann, die Sitzfläche ist leicht schräg, damit die Knie gerade hoch genug liegen, um die Blutzirkulation zu fördern.

Außerdem sind sie außerordentlich stabil und so konzipiert, dass sie das Gewicht einer übergewichtigen Person tragen können, ohne zu knarren. Ein Kinderspiel für den, der darauf sitzt: Er vergisst die Zeit, blickt auf schneebedeckte Gipfel und einen kristallklaren Himmel, verliert das Körpergewicht und die eigene Erdverbundenheit aus den Augen und läuft Gefahr, in einem Moment der Ruhe und Erfrischung Opfer eines vagen Gefühls der Orientierungslosigkeit in Bezug auf das eigene Sein und die Zeit zu werden.

Ach ja, ich vergaß: auf der Rückseite des *Vermonters* steht eine weiße Aufschrift, die ein ganzes Programm ist: *keep Vermont weird*. Nicht *sauber*, sondern *verrückt*, so wie die meisten der reichen und extrovertierten Gäste, die diesen herrlichen Lebensraum bevölkern, sich selbst zu sein wissen.

Mr. Chomsky, ein wohlhabender, älterer Geschäftsmann, der sich auf dem Höhepunkt seines Erfolges in die idyllische und beunruhigende Umgebung zurückgezogen hat, ist eines dieser menschlichen Exemplare, die alles im Leben hatten... alles, ja, außer einer Sache: die Freiheit, es ohne Zeitpläne, ohne Verpflichtungen, ohne den Stress des Geschäftslebens zu leben. Kurz gesagt, auf eine völlig *verrückte* Art und Weise, das heißt, verrückt oder exzentrisch, alternativ, wie auch immer man es nennen will. Er hat also beschlossen, dass er viel zu viel Geld verdient hat. Er verbringt daher seine Tage damit, sich mit nichts anderem zu beschäftigen als mit der Befriedigung seiner Grundbedürfnisse: er rasiert sich nur einmal in der Woche, er muss ohnehin niemanden treffen. Er trägt immer einen knalligen, abgetragenen roten Morgenmantel, weil er nur freitags einkaufen geht und dann in eine alte braune Moleskinhose und ein kariertes Flanellhemd schlüpft; tagsüber und nachts hört er nur klassische Musik in maximaler Lautstärke, weil das nächste Haus ein Dutzend Kilometer entfernt ist.

Seine Suche nach Seelenfrieden, nach absoluter Ruhe, weit weg von allem und jedem, hat ihn zum (teilweisen) Verzicht auf sexuelle Vergnügungen gebracht. Er widmet einen Tag im Monat diesen Vergnügungen, um diese alte, süße Gewohnheit nicht zu verlieren, die physiologisch immer weniger dringlich, aber psychophysisch weiterhin notwendig ist für einen alten Mann, der sich noch nicht ins Steinbett, wie man hierzulande sagt, also ins Grab begeben will. Er lässt sich von einer Limousine mit Chauffeur abholen, in der Regel am letzten Samstag des Monats, um in ein paar

Stunden über die Grenze nach Montreal ins benachbarte Quebec zu fahren, wo die Prostituierten wissen, dass der *Grandaddy,* wie ihn die jungen Damen des französischsprachigen Hafenviertels liebevoll nennen, keine Kosten scheut. Die Besuche des älteren Milliardärs in der französischsprachigen Hafenstadt haben sich jedoch ausgedünnt, seit er an einem dieser Vergnügungssamstage, wie Mr. Chomsky sie scherzhaft nannte, nicht nur seinen sozialen und wirtschaftlichen Status vergaß, sondern auch ein wenig die Orientierung verlor und schließlich ohne Erinnerung in den Docks herumirrte. Er wurde von einer Polizeistreife gerettet, als er auf dem Kai ungeschickt stolperte, stürzte und sich den Kopf aufschlug. Mit heulenden Sirenen wurde er ins Krankenhaus gebracht, wo er mit einer leichten Gehirnerschütterung behandelt wurde. Erst nach drei Tagen Ruhe und Behandlung konnte er sich wieder an seinen Namen erinnern. Als er nach den Medikamenten befragt wurde, die er in den Tagen vor seinem Vorfall eingenommen hatte, erwähnte er, dass er eine kleine blaue Pille geschluckt hatte, um, wie er sagte, bei den Mädchen *am Ball* zu bleiben. Die Ärzte stellten fest, dass die gleichzeitige Einnahme einer hohen Dosis

Viagra und eines Medikaments gegen Bluthochdruck, unter dem er seit Jahren litt, in seinen Adern einen Kampf zwischen den Chemikalien ausgelöst hatte, die den Blutdruck erhöhen, damit das Blut schnell dorthin fließt, wo es gebraucht wird, und denjenigen, die ihn senken, um das Herz-Kreislauf-System vom Bluthochdruck zu befreien: zwei aktive und gegensätzliche Prinzipien, wie die beiden Pole einer elektrischen Ladung, deren Kontakt einen gefährlichen Funken erzeugt, der die körperliche und geistige Stabilität des reichen Greise untergraben hatte.

Mr. Chomsky hörte also auf, sich in den zwispältigen Gegenden von Montreal aufzuhalten, und verzichtete auf jegliche sexuelle Aktivität, wobei er nicht nur den Gedanken daran, sondern auch die entfernte Erinnerung auslöschte. Dieser Verzicht führte jedoch zu einem weiteren Verfall seines psychophysischen Gleichgewichts: Nachdem er den Kontakt zur Welt verloren hatte, den Kontakt, der durch die *Antenne der Lust* (seine Worte), die immer wieder zwischen seinen Beinen juckte, offen geblieben war, verlor der alte Mann auch den Geschmack am Leben und die Freude an der Gesellschaft anderer Menschen und schloss sich schließlich in seinem vergoldeten Gefängnis ein.

Heute ist der einzige Mensch, den er täglich sieht, ein kleiner Junge mit rötlichem Haar und einem Käppi, das er mit dem Visier auf dem Hinterkopf trägt, der frühmorgens mit dem Fahrrad kommt, mit einem geziehlten wurf vor die Haustüren zu katapultieren. Aber der bartlose Junge, wie Mr. Chomsky ihn nannte, ist naiv genug, um nicht zu wissen, dass er, wenn er anhält und sich mit ihm, alias dem ruppigen *Opa,* unterhält, ein großzügiges Trinkgeld kassieren könnte, das vielleicht seinem monatlichen Taschengeld entspricht oder es sogar übersteigt.

Pah! Die jungen Leute von heute, sagt Mr. Chomsky zu sich selbst, haben keinen Sinn für Geschäfte und das wirtschaftliche Potenzial ihrer Aktivitäten. Sie steuern geradewegs auf ihr Leben mit Schlaglöchern und schlammigen Pfützen zu, in denen sie die Räder ihrer mickrigen irdischen Existenz versenken. Denn Reichtum, davon ist er zumindest überzeugt, ist eine Art göttliches Geschenk: Die vom Herrn Prädestinierten werden die Ersten auf Erden sein und die Ersten, trotz evangelischer Verurteilung, sogar im Himmelreich.

Und in der Zeitung, die ihm täglich vor die Tür geworfen wird, findet er rechtzeitig eine Bestätigung seiner Auffassung, wonach derjenige, der Glück hat, auch vom Himmel geküsst wird. Heißt es nicht, dass das Glück blind ist, aber das Unglück sehr gut sieht? Eine ebenso banale wie offensichtliche Wahrheit, ein Klischee, das sich darin bestätigt, dass sein Reichtum von Tag zu Tag weiter wächst, sich sprunghaft vervielfacht und schwindelerregende Zahlen erreicht, wie die Entfernung von der Erde bis zu den Grenzen der Galaxie - und das alles, ohne dass er einen Finger rührt oder den Telefonhörer in die Hand nimmt, um Anweisungen oder Aufträge für Finanztransaktionen zu geben. Banken scheitern... und er profitiert! Krisen treffen die Nationalstaaten... und er profitiert! Kriege brechen aus... und er macht Geld! Tausende von Unternehmen schließen... und er verdient Geld, sogar ohne die Mühe, Käufe und Verkäufe von Edgefonds, Aktienoptionen und all die anderen Dinge, die man *Finanzdrogen* nennt, in Auftrag zu geben.

Die Moral von der Geschichte: Trotz der Krise des Kapitalismus verdient er, der Kapitalist, immer Geld. Keiner weiß wie, das mathematische Gesetz des mysteriösen Phänomens entgeht ihm, aber so ist es: wer Geld hat, macht immer Geld, aus- und mit Allem, auch wenn die Welt zusammenbricht. In der Tat, je näher die Welt dem Ende kommt, desto mehr vermehrt sich das Kapital und es ist besser, die ethischen und moralischen sowie philosophischen und ideologischen Probleme, die diese Wahrheit aufwirft, zu überspielen.

In seinem luxuriösen Haus, das auf einer üppigen Landzunge am Gewässer liegt, in dem sich die Gipfel der gegenüberliegenden Berge spiegeln, ist der rüstige alte Mann, der trotz der bereits hoch stehenden Sonne noch im Morgenmantel steckt, in der Küche damit beschäftigt, ein amerikanisches Frühstück mit Speck und Eiern zuzubereiten. Aber er kann nicht umhin, sein Tun laut zu kommentieren, wie es bei denjenigen der Fall ist, die mit den ersten Symptomen der Alzheimer-Krankheit zu kämpfen haben.

- Ich muss laut denken, auch beim Kochen, sonst vergesse ich alles. - Was darf ich nicht vergessen? Ach ja, ich darf nicht vergessen, laut zu denken, damit ich nicht vergesse... was? Damit ich *was* nicht vergesse, Mist!

Der arme Kerl (sozusagen, denn sein persönliches Vermögen beläuft sich auf mehrere hundert Millionen Dollar) zuckt verzweifelt mit den Schultern.

- Na ja, es wird mir schon wieder einfallen, früher oder später...

Aber hier wird es ihm plötzlich klar:

- Die Eier! Die darf ich nicht vergessen... ich muss unbedingt Eier kaufen, weil das die letzten sind... Verfluchtes Alter, das einem die Hirnneuronen plattrollt wie ein Kompressor! - Deshalb darf ich auch nicht vergessen, laut zu denken: in einem gewissen Alter fliegen einem die Gedanken weg wie nichts, wenn man sie nicht ausspricht. Es sind ja die gehörten Töne, die in der Hirnrinde versinken wie eine heiße Klinge in der Butter... Die Wahrheit, mein Alter, ist doch: du bist verblödet... zum Glück kann man vom Gürtel abwärts Abhilfe schaffen. Diese kleinen hellblauen Zauberpillen öffnen einem das Tor zum Paradies der Sinne... vom Gürtel aufwärts dagegen ist die Katastrophe unvermeidlich... andauernd vergesse ich alles... apropos, was mache ich eigentlich hier in der Küche?

Und er antwortet sich selbst wie von einem Geistesblitz getroffen:

- Ich Idiot, was soll ich in der Küche schon machen, natürlich den Brunch, mit den letzten Eiern, die im Kühlschrank noch aufzutreiben sind, weil ich vergessen habe, welche zu kaufen. - Ich darf nicht vergessen, warum ich in der Küche bin... natürlich bin ich in der Küche, um zu kochen... oder zu braten... aber was? Eier... genau... Ich darf sie aber nicht auf dem Herd vergessen... am besten stelle ich mir den Küchenwecker... wenn der klingelt, denke ich wieder daran, dass ich nicht vergessen darf... was eigentlich?

Schließlich, nach einem Moment des Nachdenkens, in dem er mit halb geöffnetem Mund ins Leere starrt, wie ein Kabeljau, der den Köder schlucken will:

- Wieviel Uhr es ist, verdammt! Die Uhrzeit zu vergessen, wäre eine Katastrophe... warum? Vielleicht, weil ich etwas auf der Herdplatte habe... natürlich, die Eier... mit dem Wecker fühle ich mich aber sicher... ein Sprung unter die Dusche... drrring, der Wecker klingelt... das heißt, ich muss mich anziehen... Nein, Idiot, die Eier sind fertig, ich ziehe mich erst an, wenn ich den Herd ausgemacht habe... Wecker... Eier-auf-dem-Herd. Verstanden? Wecker ... Eier-auf-dem-Herd…

Der alte Mann taumelt die solide Holztreppe hinauf, um das Badezimmer im ersten Stock des Hauses zu erreichen, und murmelt dabei immer wieder die Notiz, die leider auf dem Weg dorthin jeden Sinn in seinem Bewusstsein verliert. Kurz darauf hört man das Geräusch der Dusche. Nach den drei Minuten, die für das Läuten programmiert sind, schaltet sich der Wecker mit seinem ohrenbetäubenden Trillern ein, aber Mr. Chomsky singt unverdrossen unter der Dusche weiter. Pech für ihn, denn die Eier auf dem Herd warten sicher nicht auf ihn und beginnen sich nach einer kurzen Bratphase immer mehr zu bräunen, bis sie sich in unverdauliche Kohle verwandeln. Die Küche wird von Rauch, der sich langsam überall ausbreitet, gefüllt.

Die Katastrophe wird durch einen echten Engel verhindert, der in Gestalt eines jungen hübschenMädchens wie eine Managerin aus Manhattan gekleidet, vom Himmel herabsteigt. Sie klopft an die Scheibe. Keine Antwort. Sie klopft ein zweites Mal.

- Mr. Chomsky? - Hallo, ist jemand zu Hause?

Cheryll, viel zu elegant für ein Landhaus, klopft fester und die Tür öffnet sich von selbst, gerade als Mr. Chomsky in seinem Bademantel zum Herd eilt, aus dem eine Rauchsäule aufsteigt, die nun nicht mehr zu bändigen scheint. Die Szene lähmt Cheryll auf der Türschwelle, wie eine Salzskulptur verewigt, mit erhobener Faust, bereit, erneut zu klopfen, und einem idiotischen Grinsen im Gesicht.

- Gottverdammt, - flucht Mr. Chomsky - die Eier sind ja völlig verbrannt. Der verdammte Wecker hat nicht gekingelt... oder ich habe ihn nicht gehört... ich habe ihn in der Küche gelassen, verdammt! Statt ihn ins Bad mitzunehmen...

Als er die rauchende Bratpfanne vom Herd nimmt, bemerkt er schließlich Cheryll, die immer noch in der Position der erhobenen Faust steht, wie eine Nachbildung der Freiheitsstatue aus Fleisch und Blut.

- Was machen Sie denn hier? - apostrophiert der alte Mann sie und hält ihr die dampfende Bratpfanne gefährlich unter die Nase. - Sie stehen ja da wie zur Salzsäule erstarrt. Oder wie ein Affe, der sich eine Banane in den... ach, lassen wir das.

- Mr. Chomsky? - murmelt das verwirrte Mädchen.

- Nehmen Sie die Faust runter, ich bin nicht Karl Marx, im Gegenteil... und falls es noch nicht bis zu Ihnen durchgedrungen ist, die Berliner Mauer ist inzwischen gefallen... wann war das eigentlich, voriges Jahr oder vor zehn Jahren?

- Sorry, das muss ein Missverständnis sein, Mr. Chomsky. Ich wollte Sie nicht provozieren.

- Sie nennen das Missverständnis, wenn ein Brand ausbricht?

An diesem Punkt wird sich der rüstige Großvater der Merkmale der engelhaften Erscheinung vor ihm bewusst. Sein Blick fällt vor allem auf ihr Dekolleté, bevor er über ihre nackten Knie gleitet und seine Inspektion an ihren Stöckelschuhen und zarten, rehbraunen Knöcheln beendet. Der himmlische Anblick hat eine unmittelbare Wirkung auf ihn, die ihn veranlasst, von einem ruppigen, autoritären Ton in eine wohlklingende Stimme zu wechseln:

- Das würde auch gerade noch fehlen, Frau... ?

Cheryll streckt naiv ihre zarte, durchsichtige Hand aus wie eine Skulptur von Benvenuto Cellini, ohne zu wissen, dass sie sie in den Rachen des Teufels steckt:

- Cheryll… Cheryll Shannon von Daniel & Black Investment…

Mr. Chomsky ist jedoch unbeholfen mit der noch schwelenden Bratpfanne in der Hand. Schließlich beschließt er, dem süßen Besucher keine der beiden skelettierten Hände anzubieten.

- Zum Henker mit den Förmlichkeiten… helfen Sie mir lieber, das Fenster aufzumachen, wenn Sie nicht geräuchert werden wollen!

- Oh, ja, natürlich, Mr. Chomsky.

- Lüften Sie, lüften Sie! - sagt er und wirft die dampfende Bratpfanne mitsamt ihrem Inhalt aus dem Fenster.

- Ich bin ja dabei… was war denn in der Pfanne das so einen Rauch macht?

Der alte Mann erstarrt plötzlich wieder mit Alzheimer:

- Ich weiß es nicht, ich kann mich nicht erinnern…

- Wahrscheinlich Eier mit Speck.

- Woraus schließen Sie das?

- Aus dem üblen Geruch.

Mister Chomsky scheint sich über den Witz seines Gesprächspartners zu freuen.

- Sie sollten Marktanalystin werden, wissen Sie? Sie haben eine ausgezeichnete Witterung, richtig gut.

- Das bin ich auch - betont sie mit einem Hauch von Stolz.

- Was? - Er scheint schon alles vergessen zu haben.

- Marktanalystin.

- Wirklich?

Und damit öffnet er unverschämt seinen Bademantel.

Cheryll will in Gelächter ausbrechen, entscheidet sich aber schnell dafür, sich ein wenig verlegen zu zeigen:

- Wie ich Ihnen gerade sagte, ich komme von Daniel & Black Investment.

- Das haben Sie mir gesagt? - Entschuldigen Sie, ich bin ein bisschen zerstreut, aber vom Gürtel abwärts weiß ich noch genau, wie es funktioniert.

- Bitte?

- Der Magen, ich trage die Hosen auf altmodische Art, mit hohem Schritt!- Dann versucht er, sich zu sammeln. Und er wechselt das Thema, indem er seinen Morgenmantel so gut es geht wieder zubindet. - Reiten Sie, Fräulein...?

- Cheryll. Nein, ich reite nicht.
- Spielen Sie Golf?
- Auch nicht. Aber ich spiele Tennis. Spielen Sie Tennis, Mr. Chomsky?
-Was für eine Frage, natürlich spiele ich... ich... - Er hat eine Gedächtnislücke. - Was? Poker? Was haben Sie gesagt?
- Der Magen... Sie sprachen über Ihren Magen.

Wie ein elektrischer Wagen, der nach einem Stromausfall wieder anspringt, ruckelt es:

- Ach ja, richtig. Der Magen funktioniert, wenn man etwas hineintut. Deshalb habe ich ja auch gekocht. Weil ich Hunger hatte.
- Es tut mir Leid, dass ich Sie zur Mittagszeit störe, aber... - bedauert Cheryll unnötigerweise. Unnötigerweise, denn ihr Gesprächspartner scheint nicht zu wissen, welche Tages oder Nachtzeit es ist.
- Wieso, wieviel Uhr ist es denn?
- Zeit für den Brunch.
- Das hatte ich ganz vergessen.
- Aber Sie waren doch am Kochen.

Mister Chomsky knirscht vor lauter Ärger mit den Zähnen:

- Ich hasse es, wenn man mir widerspricht, Frau... wie heißen Sie?

- Cheryll.

- Wollen Sie eine Klage an den Hals?

- Natürlich nicht - antwortet sie, erschrocken über die Aggressivität des Mannes, den sie eben noch für einen friedlichen und harmlosen alten Mann gehalten hatte, der vielleicht ein wenig verwirrt, aber gerade deshalb sympathisch war, zumindest auf den ersten Blick. Nun aber beginnt der Mann, seinen ganzen feindseligen, rauen Charakter zu zeigen.

- Dann machen Sie augenblicklich das verdammte Fenster zu, Sie wollen wohl, dass ich mir eine Lungenentzündung hole? Wissen Sie eigentlich, wie kalt es draußen ist?

- Zwanzig Grad, Mr. Chomsky - lächelt das Mädchen, das ihn nicht allzu ernst nehmen kann.

- Unter Null?

- Aber wir sind doch mitten im Frühling.

- Mittendrin? Wirklich?

- Ja, wirklich - bestätigt das Mädchen auf naive Weise.

- Auf jeden Fall macht man im Hause anderer Leute nicht einfach das Fenster auf, ohne vorher zu fragen.

- Sie haben mich doch selbst gebeten, das Fenster aufzumachen, Mr. Chomsky.

- Ach! - Und wozu?

- Wegen dem Rauch.

Das Wort „Rauch" scheint in Herrn Chomskys Kopf eine verworrene Erinnerung hervorzurufen:

- Wo Rauch ist, da muss auch Feuer sein. War ich vielleicht am Kochen?

- Genau.

- Und alles ist verbrannt?

- Leider ja.

Der mächtige Geschäftsmann, dessen Gehirn zumindest äußerlich zu Brei geworden ist, scheint zu verzweifeln.

- Jetzt erinnere ich mich. Die Eier, der Wecker, der Rauch... ein Desaster... ist das Haus in Flammen aufgegangen?

- Nichts Schlimmes, Mr. Chomsky, nur die Bratpfanne ist zum Wegwerfen.

- Die Bratpfanne zum Wegwerfen? Und ich soll eine neue kaufen? Kann ich mir das leisten?

- Sie sind Multimilliardär, Mr. Chomsky... Cheryll ermutigt ihn. - Außerdem gehört Ihnen, unter anderem, auch eine Bratpfannenfabrik.

Die gute Nachricht, dass die Bratpfannen-
fabrik ihm gehört, bewirkt in ihm eine Art
Metamorphose, eine Wiedergeburt, wie ein
Phönix, der aus seiner eigenen Asche aufsteigt:

- Das ändert die Situation - blinzelt er ihr
zu. - Ich kann also so viele Bratpfannen verbrennen, wie ich will? Was meinen Sie, Cheryll?

Cheryll beginnt an der Ernsthaftigkeit des
Gesprächs zu zweifeln.

- Meinen Namen haben Sie sich ja auch
merken können... nehmen Sie mich vielleicht
auf den Arm?

- Ja und nein - zwinkert er. - Ein bisschen
bin ich so und ein bisschen *tue* ich so. Entschuldige, Cheryll, ich habe deine Geduld auf
die Probe gestellt... ich bin nicht so blöd wie ich
scheine... ein bisschen vergesslich, ja, wegen des
Alters, aber die wichtigen Dinge, die behalte ich,
deinen Namen zum Beispiel.

- Ach ja? Wie heiße ich denn? - und ver-
schränkt die Arme in Erwartung der Antwort
wie eine Lehrerin am ersten Schultag.

- Dein Name, dein wunderschöner Name
ist... ist... Cheryll!

- Cheryll, und weiter? - drängt sie ihn.

- Da verlangst du ein bisschen zu viel von
meinem Gedächtnis.

- Cheryll Shannon von Daniel & Black Investment.

- Hör auf mit dem Erzengel Daniel und diesem Heiligen der drei Könige Samuel Black, der versteht doch von Investitionen so viel wie ein Besoffener am Steuer. Wenn ich dich noch nicht mit Flintenschüssen in die Flucht geschlagen habe, ist das nur, weil du Cheryll bist, der Rest ist scheißegal, entschuldige diesen rauhbeinigen Ausdruck von einem armen alten Trottel, der manchmal nicht weiß, was er sagt, der aber jedenfalls immer - ich wiederhole: immer - sagt, was er denkt. - Wollen wir einen Vertrag abschließen, Cheryll?

- Klarheit und Aufrichtigkeit sind meine liebsten Eigenschaften bei einem Mann.

Als „Mann" bezeichnet zu werden und nicht als „armer alter Mann", auch wenn er reich ist, lässt seine Brust anschwellen.

- Von jetzt an sagst auch du nur noch das, was du wirklich denkst. Und wenn ich *wirklich* sage, dann meine ich auch *wirklich*.

- Ok, Mr. Chomsky.

Mister Chomsky lässt das Mädchen auf die Couch sitzen und setzt sich neben sie mit einem Sprung, um so flink wie ein junger Mann auszusehen.

- Wer war das noch, der geschrieben hat, dass, was man sagt, nichts ist als der Schatten dessen, was man denkt, und was man denkt, nicht einmal der Schatten unserer Seele und die Seele nicht einmal der Schatten eines Schattens?

- Shakespeare? - wagt Cheryll zaghaft zu antworten.

- Bestimmt nicht das Wall Street Journal!

- Da kennen Sie sich allerdings besser aus als der Teufel.

- Ich kenne mich aus ja, ich kenne mich aus, aber ich kann mich nicht mehr an alles erinnern, *das* ist das Problem. Mir entflieht ständig etwas durch den Dienstboteneingang des Hirns. Manchmal tue ich so, als sei ich ein Dummkopf, aus reinem Selbstmitleid... beziehungsweise ich stelle mich dümmer als ich bin, nur um mich dann als viel weniger verkalkt zu erweisen als ich scheine... ein Trick, mit dem ich Glaubwürdigkeit zurückgewinne in den Augen der Leute, die denken dann nämlich: Na ja, eigentlich ist dieser arme alte Mann ja gar nicht so dumm wie er aussieht. Oder wie man in der Socker-Sprache zu sagen pflegt, ich rette mich in den *corner!*

- Aber nein, Mr. Chomsky, Sie kamen mir auch vorhin nicht so vor... ein bisschen zerstreut vielleicht, aber jedenfalls immer ein Gentleman der alten Zeit!

Die übertriebene Hingabe des Mädchens im Minirock, der weit über das Knie reicht und ein schwindelerregendes Paar Oberschenkel zeigt, lässt den älteren Geschäftsmann, der es gewohnt ist, alles Mögliche zu sehen und zu hören, fast atemlos.

- Ich muss dich an unseren Vertrag erinnern, Cheryll. Willst du so schnell vertragsbrüchig werden? Du weißt doch, du darfst immer nur sagen, was du denkst! Sonst werde ich nämlich böse, weißt du.

- Ist es ok, wenn ich Ihnen sage, dass Sie ein altes Schlitzohr sind?

- Wenn du das wirklich über mich denkst.

- Wirklich.

- Dann ist es ok... im Gegenteil, es ist super: Altes Schlitzohr hat noch niemand zu mir gesagt. Vor dir hat noch niemand den Mut gehabt, das zu mir zu sagen. Ich habe schon Leute wegen viel geringerer Frechheiten auf Millionen von Dollar verklagt.

Cheryll scheint über diese nicht ganz unverhüllten Drohungen besorgt zu sein.

- Ich hoffe, dass...

- Keine Angst, ich kann dich ja gar nicht verklagen: Nach dem mündlichen Vertrag zwischen uns, wonach wir immer nur das sagen dürfen, was wir wirklich denken, wäre die vertragsbrüchige Partei ja *ich*. *Ich* würde den Prozess verlieren und *du* könntest Gegenklage erheben und mir damit die letzte Unterhose vom Leib reißen. Meine Opa-Wollunterhose, damit wir uns verstehen!

- Sie sind also nicht nur ein altes Schlitzohr, sondern auch noch ein alter Fuchs.

Sie lachen herzhaft zusammen.

- Sehr gut, sehr gut. Ich habe den Eindruck, wir schaffen gerade die Voraussetzungen für eine vorzügliche Zusammenarbeit. Wenn man einen guten Tag schon am Morgen erkennt... dann wird man einen guten Abend doch spätestens beim Sonnenuntergang erkennen. Richtig?

- Und ob! Außerdem ist es ein echtes Vergnügen, mit Ihnen zu verhandeln: Sie lassen sich sogar beschimpfen, ohne beleidigt zu sein.

- Im Gegenteil. Ich gestehe, dass die Beleidigungen eines jungen Mädchens wie du in einem gewissen Alter sogar Freude machen.

- Solange Sie zufrieden sind...

Ein kurzes Schweigen zeigt deutlich, dass er etwas vorhat. Er rückt näher an Cheryll heran und legt seine gelbliche, mit dunklen Flecken übersäte Hand fast wie zufällig auf ihr nacktes Bein.

- Jetzt gehen wir zu Phase zwei über, einverstanden?

Der ältere Dandy streift mit einer scheinbar unwillkürlichen Geste das Bein des Mädchens. Sie wehrt die Annäherungsversuche sanft ab:

- Ich weiß nicht, Mr. Chomsky. Ich weiß nicht einmal, was es mit Phase eins auf sich hat.

- Dann erkläre ich es dir. Phase eins: Man öffnet die Fenster, um den Rauch heraus- und die frische Luft hereinzulassen. Phase zwei: Man macht die Fenster wieder zu, damit keine Fliegen hereinkommen. Klar?

- Völlig klar. Ich hätte das auf Anhieb begreifen müssen. Aber von häuslicher Ökonomie verstehe ich nichts.

- Was heißt hier häuslich, Mädchen! - der Tycoon wird stutzig, weil er glaubt, Beute in sein Revier gebracht zu haben. - Was haben sie dir bei Daniel & Black denn beigebracht, wo man auf das Überfahren von Fußgängern und das Merchandising von abgelaufenen Präservativen spezialisiert ist! Die gesamte Ökonomie des Marktes funktioniert doch so. Wenn sich der Markt überhitzt und inflationäre Effekte produziert und dabei mehr Rauch als Braten produziert, um im Bild zu bleiben, müssen Maßnahmen ergriffen werden. In unserem Fall macht man die Fenster auf. Wenn der Rauch aber erst einmal draußen und was vom Braten noch zu retten war, gerettet ist, macht man die Fenster wieder zu, krempelt die Ärmel auf und kocht ein neues Mittagessen, in der Hoffnung, dass es nicht auch noch verbrennt. Ist das klar?

- Ganz klar - kapituliert das Mädchen.

Diese bedingungslose Kapitulation vor dem ersten entschlossenen Angriff rührt den alten reichen Mann fast, der in sich den alten Kampfgeist wieder aufleben fühlt, den Geist, der ihn nach so vielen Stürmen auf hoher See immer in den Hafen gebracht hat. So beschließt er, sich sympathischer zu zeigen, indem er einen Waffenstillstand anbietet, den im Übrigen ein Gentleman einem Vertreter des schwächeren Geschlechts schuldet.

- Wollen wir uns wieder vertragen, Cheryll.

- Wir haben uns doch gar nicht gestritten.

- Aber nur, weil du mit mir nicht streiten willst und kannst. Wenn ich dein Vater oder (oh je!) dein Großvater wäre, dann hättest du mir doch schon vor einer ganzen Weile gesagt: Leck mich!

- Im Rahmen unseres Vertrages könnte ich aber sagen: leck mich...! Ohne dass Sie beleidigt sein dürften.

- Vertrag? Ach, du liebe Zeit! Welcher Vertrage?

- Dass wir immer nur sagen, was wir wirklich denken... jetzt sagen Sie nicht, dass Sie das vergessen haben!?

- *Verba volant, carta canta*, wie es auf Lateinisch heißt. Was bedeutet...

- Ich kann Latein - Cheryll unterbricht ihn. - In Harvard wurde ich mit römischem Recht gepiesackt.

- Dein Wort gegen meins, Cheryll. Wie wollen wir es halten?

Das Mädchen merkt, dass es auf die Probe gestellt wird, und beschließt, sich dem zu entziehen: Wehe, sie antwortet mit juristischen Ausdrücken, denn dann könnte Mr. Chomsky sie im Handumdrehen widerlegen!

- Das soll wohl die Zwischenprüfung sein?

Er seufzt, seine Enttäuschung ist offensichtlich: Die Beute hat den im Dunkeln lauernden Jäger bemerkt.

- Studiert ihr sowas schon im ersten Jahr? Zu meiner Zeit gab es da nur das Naturgesetz des Dschungels. Damals brauchte man ein dickes Fell, um zu überleben, heute ist alles viel leichter...

- Wieso?

- Weil es Computer, Handys und das Internet gibt, während früher alles von Intuition und Improvisation abhing, der Fähigkeit des Einzelnen seinen Überlebensinstinkt einzusetzen. Heute geht man den Dingen entweder gemeinsam auf den Grund oder man schwimmt gemeinsam an der Oberfläche. Ihr seid doch alle miteinander vernetzt in einer bestialischen Orgie virtueller Finanzrisiken! Apropos, wo wir gerade von Orgien reden...

- Mr. Chomsky!

- Bitte keine Vorhaltungen, bevor du noch meine wahren Absichten kennst. Weil wir nämlich gerade von Orgien reden, also Fleischeslüsten, ist mir wieder eingefallen, dass ich noch nicht zu Mittag gegessen habe. Und du?

- Nein, ich hatte auch noch keine Orgie, also keinen Mittag.

- Dann könnten wir doch gemeinsam ein orgastisches Mittagessen zu uns nehmen. Du bist bestimmt völlig ausgehungert...

- Ich bin heute Morgen ziemlich früh von Manhattan aufgebrochen, weil ich nicht in den Verkehr geraten wollte... natürlich bin ich dann doch hineingeraten. Inzwischen haben wir in New York ja den ganzen Tag *rush hour*... In der Fifth Avenue haben irgendwelche Immigranten für die Greencard demonstriert, in der Sechsten Straße wurde ein Film mit Nicole Kidman gedreht, beim *Filmfestival von Tribeca* wird gerade der Film eines neuen italienischen Regisseurs gezeigt, der hunderte von Leuten mitgebracht hat, die alle in Big Apple herumspazieren...

- Tut mir Leid, aber meine Kenntnisse des italienischen Kinos hören bei Sophia Loren und Marcello Mastroianni auf.

- Ich mag auch die Spaghetti-Western.

- Weil du Hunger hast...

- Oh, ja, einen Bärenhunger.

- Dann tanz mit den Bären oder den Wölfen oder besser mit mir altem einsamen Wolf! - sagt er und wirft sich scherzhaft wieder auf sie.

- Sie haben aber wirklich die Faszination des grauen Wolfs - Cheryll lehnt die widerholte Avance höflich ab.

- Das hast du gut erkannt, die Faszination der sauberen, unverfälschten Natur! Im übrigen genieße ich totale Freiheit, ich habe keine festen Uhrzeiten: Ich esse, trinke und schlafe, wann ich will. Das heißt ich esse, wenn ich Hunger habe.

- Dass Sie sich das erlauben können, Sie Glücklicher!

- Das ist ein Lebensentwurf, nicht nur eine Frage des Geldes... Man muss nur auf ein bisschen Luxus, ein paar Bequemlichkeiten verzichten, sich an eine spartanische Existenz gewöhnen...

- Hören Sie auf mit Sparta, mir reicht die Hölle, in der ich lebe: New York City! Kennen Sie das Lied „Life in New York is not easy"...?

- Kenne ich! In Big Apple hockt ihr doch nur noch am Schreibtisch, und wenn ihr euren Viertelstunden-Lunch überspringt, könnt ihr das beim Nachmittagskaffee nicht wieder aufholen, weil ihr dauernd am Rennen seid, wie die Besessenen, bis euch der Stecker rausgezogen wird. Am Times Square zieht aber heute überhaupt niemand mehr den Stecker raus, die

Büros sind die ganze Nacht beleuchtet, keine Zeit mehr für eine normale Mahlzeit... die wenigen Momente der Freiheit, die euch bleiben, braucht ihr für euren Kurzschlaf, sonst explodiert ihr.

- Genau so ist es, sie malen da ein grausames, aber realistisches Bild. Manche Kollegen bleiben dabei aber auf der Strecke: Autounfall durch Minutenschlaf, stressbedingter Herzinfarkt, Selbstmord und immer mehr Fälle von *burn out*

- Neue Krankheit?

- Eher eine obskures Leiden als eine Krankheit im klassischen Sinn des Wortes. Jemand fällt hin und kann nicht wieder aufstehen. Öffnet die Augen, spricht, nimmt wahr, kann sich aber nicht mehr bewegen, eine Art cerebrales Black out aufgrund verschiedener Faktoren, beruflicher Stress, Angst vor Verlust des Arbeitsplatzes, privater Stress, Existenzangst. Wenn einer „ausgebrannt" ist, ist er am Ende. Wie es das Wort schon sagt: verbrannt, das heißt nicht mehr zu retten. Am Arsch!

Cherylls Bericht scheint den Tycoon zu betrüben, über dessen zartes Herz man jedoch besser hinwegsehen sollte. In der Tat ist seine

Antwort trocken und lässt keinen Raum für Zweifel:

- Mein Motto ist deshalb: besser bescheißen als beschissen werden.

- Leicht gesagt.

- Wenn man jemanden bescheißen will, braucht man nur den richtigen Rohstoff, mein Schätzchen. Einen schönen jungen Körper wie deinen zum Beispiel kann man, im metaphorischen Sinne natürlich, als Matratze benutzen.

Cheryll übergeht den eindeutigen Witz.

- Wir sprachen eigentlich über ernste Dinge, Mr. Chomsky.

- Apropos *burn out* wollte ich sagen, dass ich auch brenne, ich glühe, ich bin ein einziger Brand, lösch mich!

- Das ist das Herz, Sie haben Hitzewallungen.

- Ein bisschen das Herz und ein bisschen der Dings, wie heißt er noch... der Schwanz! Die sind einander in Sympathie verbunden.

- Der Nervus sympathicus ist aber woanders - betont sie.

- Ja, der ist aber auch nicht unsympathisch, im Gegenteil.

- Sie machen Witze darüber, aber für Leute, die in den *burn-out*-Zustand geraten, ist das finsterste Nacht. Wer einen Infarkt überlebt, kann ja nach und nach seine Arbeit wieder aufnehmen. Wer aber vom *burn out* getroffen wird, geht nach Florida und lässt sich von der Sonne therapieren, wenn er genug Geld hat, oder er endet in einer Unterführung der Penn Station im Pappkarton. Wenn man aber sowieso nichts machen kann, sollte man sich lieber gleich erschießen, das geht schneller, ist doch besser, man macht Schluss, bevor einen der *blinding flash* trifft.

- Da habe ich meine Zweifel. - Als er dies sagt, steht er auf und stellt sich vor sie. - Ich erzähle dir mal eine Geschichte. Einmal, vor vielen Jahren, als ich noch in vorderster Linie stand, hatte ich plötzlich das Bedürfnis nach einem Break. Ich habe mir also eine so genannte Denkpause genommen. Ich bin in einen Zug gestiegen und nach New Jersey gefahren.

- Hübscher Ort.

- Am Strand von New Jersey sah ich einen Freak, der mit einer Flasche Whisky griffbereit neben sich in der Sonne lag. Ich ging zu ihm und fragte: „Warum gehst du nicht arbeiten?" Und mit alkohol lallender Zunge, aber äußerst hellem Verstand hat er mir mit einer Frage geantwortet (übrigens eine bewährte Technik zur Manipulation von Gesprächen, musst mal drauf achten): „Warum soll ich denn arbeiten gehen?" Und ich habe ihm eine zweite Frage gestellt: „Willst du denn kein Geld verdienen?" Und er: „Was soll ich denn mit Geld?" - „Willst du nicht irgendwann in Pension gehen?" - „In Pension, wozu?" fragte er zurück. Da habe ich den Fehler begangen, von den Fragen zu den Behauptungen überzugehen: „Du lieber Himmel, um dein Leben zu genießen!" Und er ließ sich natürlich die Gelegenheit nicht entgehen, mir eine nette kleine Lektion zu erteilen: „Aber ich genieße doch das Leben, auch ohne zu arbeiten." Das war das einzige Gespräch, bei dem ich meinem Gegenüber Recht geben musste.

- Solange es also Leben gibt, gibt es Hoffnung! - seufzt Cheryll.

- Es ist keine Frage der Hoffnung, sondern der Lebensqualität. Damals beschloss ich, mich hier aufs Land zurückzuziehen.

- Um Schafe zu zählen und Eier zu verbrennen?

- Und als rüstiger Gockel den Hühnern hinterherzujagen, wenn du gestattest.

- Das ist alles?

Der kritische Blick des Mädchens holt den alten Mann auf den Boden der Tatsachen zurück. In der Hitze der Erzählung ist ihm ein Rinnsal Sabber aus dem Mundwinkel entwichen, das in einer Falte endet, die wie eine Schlucht über seinem Kinn ausgehöhlt ist.

- Und das Gedächtnis zu verlieren, stimmt. Aber vielleicht ist es gerade das, was ich tun wollte. Das Gedächtnis verlieren, die Erinnerung an das, was ich gewesen bin.

- Ihr Vermögen haben Sie aber durch das Landleben nicht verloren, im Gegenteil, Sie haben es im Laufe weniger Jahre vervielfach - ärgert Cheryll ihn mit dem Thema „Geld".

- In der Tat, das einzige, was ich nicht verloren habe, ist der Spürsinn, der sechste Sinn für das Geschäft.

- Und was für ein Spürsinn! Nach dem *Newsweek-Ranking* sind Sie der zehntreichste Mann der USA.

- Unter den Hungrigen bin ich aber weltweit an der Spitze. Wenn du also gestattest, werde ich mich jetzt wieder in der Küche produzieren... sind Eier mit Speck ok für dich?

- Für die Gesundheit sind Eier und Speck eigentlich eine mörderische Verbindung. Proteine und schlechtes Cholesterin: eine Gefahr für die Gesundheit!

- Gefährlicher als ich? Das glaube ich nicht. Außerdem ist es ja bestimmt kein Drama, wenn dein Verhältnis zur Waage ausnahmsweise mal einen Blackout hat. Was mich betrifft, so wird es nicht das Cholesterin sein, das mich ins Jenseits befördert.

Cheryll kann nicht anders, als dem Drängen des Alten nachzugeben.

- Ok, ich mache eine Ausnahme.

Mr. Chomsky hüpft triumphierend herum wie eine Grille an einem Sommerabend.

- Eine Ausnahme mit Rührei! Eier sind übrigens in allen Kulturen der Welt das Symbol der Fruchtbarkeit, der Zeugung und der dazuge-hörigen... Paarung.

- Es ist wohl besser, ich tue so, als hätte ich diese politisch absolut unkorrekte Bemer-kung nicht verstanden, Mr. Chomsky.

- Richtig, wir sollten das Leben genießen und es nicht unnötig komplizieren. Also... - er hängt mit offenem Mund wie ein Kabeljau in der Luft, er, den man den Hai der Hochfinanz nannte, hat wieder einmal den Faden verloren wie ein alter Furz.

- Also? - Cheryll drängt ihn zum Weitermachen.

-Was? Ach, ja! - kommt der alte Mann langsam wieder zur Vernunft. - Ich muss das Essen bestellen. Eier mit Speck für zwei, Baptiste! - ruft er und wendet sich der Küche zu, wo keine Menschenseele zu sehen ist. - Baptiste? Wo hat sich mein Butler versteckt? Ach, ich habe ganz vergessen, dass er heute seinen freien Tag hat. Deshalb habe ich ja auch versucht, mir den Brunch selbst zu machen, na ja, wenn man etwas richtig Gutes essen will, muss man es sich sowieso selber machen.

- Wenn ich an die bisherigen Versuche denke, würde ich das nicht sagen.

- Das ist doch genau der Punkt, liebe Cheryll. Präzedenzfälle braucht man, sie sind nötig, um Erfahrung zu sammeln, und die liefern uns das notwendige *knowhow* für unser Unternehmen, sowohl in der Vorbereitungsphase als auch im Management selbst. „Welche Unternehmen?" wirst du mich fragen...

- Ich hätte das jetzt nicht gefragt, denke aber, Sie werden es mir auch so erzählen.

- Sei nicht beleidigt. - beschwichtigt er und zieht eine Augenbraue hoch. - Ihr jungen Leute glaubt immer, alles ganz genau zu wissen. Ihr seid ja auch in der glücklichen Lage, euch mit vielen Dingen auszukennen. Zum Beispiel seid ihr imstande, diese kleinen Monster da zu betätigen, wie heißen die noch?

- PC.

- Pizza?

Cheryll bricht in Lachen aus.

- Nein! Sie denken aber auch immer nur ans Essen, Mr. Chomsky? Ich meine Personal Computer.

- Wunderbar: Dir gelingt es, diese beiden Konsonanten PC so auszusprechen, als wenn ich *go-fuck* sagen würde... nur ist mein Ausdruck ordinär und deiner hochtechnologisch. Ich streiche jedenfalls die Segel vor der Logik dieser seelenlosen Ungeheuer. Ich will damit sagen, dass ihr jungen Leute in der Lage seid, schwierige Dinge zu bewältigen, aber... - und lässt den Satz mit offenem Ende stehen.

- Ich wette, dieses vieldeutige „aber" ist weit mehr als eine einfache Feststellung. Es stellt eine gesamte Weltanschauung mit den dazugehörigen Auswirkungen auf den Generationenkonflikt in Frage.

- Na gut, aber lass dir wenigstens sagen, dass ihr jungen Leute nicht mehr fähig seid, die kleinen Dinge des Lebens zu sehen. Die Details.

Weißt du, welcher Industrielle in der gesamten Wirtschaftsgeschichte das meiste Geld gemacht hat? Der Erfinder des Zahnstochers. Das ist die Wahrheit. Da liegt der Hase im Pfeffer, ich meine, hier stolpert ihr komplizierten jungen Leute unserer modernen Zeiten.

- Da bin ich aber gespannt - Cheryll fordert ihn heraus. Und natürlich nimmt er die Herausforderung an:

- Wer würde leugnen, dass ihr die allgemeine Lage großartig beherrscht. Aber ihr stolpert über einen Strohhalm, wenn es darum geht, Probleme zu analysieren, die von geringerer Bedeutung erscheinen. Die sind aber die Basis eines jeden Business. Ein Business ist ohnehin um so profitabler, je einfacher es ist: „Das Elementare, Watson!" hat Sherlock Holmes immer wieder zu seinem Assistenten gesagt, wenn der sich beim Analysieren eines Problems wieder mal in einem ebenso abstrakten wie abwegigen Labyrinth verfing.

- Ganz im Gegensatz zu dem großen Detektiv, der immer ins Schwarze traf.

- Ins Schwarze, genau. Und hier sind wir wieder bei den Eiern. Wenn du gelernt haben wirst, sie richtig zuzubereiten, dann wirst du auch wissen, wie du sie so verkaufst, dass du noch zusätzlich daran verdienst.

- Ach, deine Restaurantkette hatte ich ganz vergessen: Da lassen Sie wohl die Eier auf dem Herd verbrennen, um herauszufinden, wie man sie besser verkauft.

Cheryll würde gerne ironisch sein, diese Reden, die für sie eher kitschig klingen, entschärfen, aber es scheint, dass der alte Mann alles ungeheuer ernst nimmt, es sogar persönlich macht.

- Ich lasse die Eier verbrennen - fährt er mit einem Stirnrunzeln fort -weil ich noch nicht herausgefunden habe, wie ich es besser machen kann. Wenn ich das aber herausgefunden habe, dann sage ich es meinen Köchen, die kochen nämlich so lausig, dass mir in Scharen die Kundschaft davonläuft.

- Sie haben also durchaus die Absicht, es mit dem Eier-Projekt noch einmal zu versuchen? - Cheryll hört nicht auf, sich über ihn zu mokieren.

- Ich bin nicht der Typ, der bei jeder Schwierigkeit gleich aufgibt.

- Voraussetzung ist aber, dass Sie eine Ersatz-Pfanne haben: Diese hier ist jetzt nämlich krebsfördernd.

- Du unterschätzt mich, Cheryll, hast du vergessen, dass ich der größte Teflon-Töpfe-Aktionär bin?

Während er dies sagt, öffnet er einen Schrank und präsentiert triumphierend ein komplettes Set Bratpfannen. Cheryll wiederum öffnet den Kühlschrank, der innen beleuchtet ist wie ein Weihnachtsbaum auf der Fifth Avenue, aber trostlos leer, wie die Speisekammer eines armen Eskimos, der aus seinem Iglu vertrieben wurde, um Platz für die Hütten der Ölgesellschaft zu schaffen, die natürlich Mr. Chomsky gehört!

- Der Teufel macht die Töpfe, aber nicht die Deckel.

- Was zum Teufel willst du damit sagen, Cheryll?

- Dass der Kühlschrank leer ist. Sie haben vergessen, Eier zu kaufen.

- Wie ich dir schon gebeichtet hatte, bin ich mit fortgeschrittenem Alter ein wenig vergesslich geworden. Im übrigen muss man im Business auch aus negativen Erfahrungen lernen, das heißt in unserem Fall, aus verbrannten Eiern.

- Wie denn? - wundert sich Cheryll.

- Du bist vielleicht naiv: indem man sie recycelt!

- Verbrannte Eier recyceln? Also, nein, die esse ich nicht.

- Man soll sie nicht essen, man soll sie nur wieder in den Produktionszyklus integrieren.

- Integrieren... wie denn, die sind doch ekelhaft.

- Du enttäuschst mich. - murmelt der Milliardär missmutig. - Was ist deiner Meinung nach im Rauch von verbrannten Eiern enthalten?

- Vielleicht - wagt sie eine Antwort - frittierte Luft.

- Was heißt hier vielleicht. Natürlich enthält der Rauch frittierte Luft. Woraus aber besteht frittierte Luft? Aus Molekülen, die den Duft bilden, der sich auf der Straße ausbreitet und das Hungerhormon der potentiellen Kunden aktiviert.

Sie ist verblüfft:

- Kann ja sein, ich will es auch gar nicht leugnen, aber der Gestank von verbrannten Eiern löst doch einfach nur Brechreiz aus.

- Auch bei mir löst er Brechreiz aus. - nickt Mr. Chomsky. - Wenn da nicht, abrakadabra, die Konditionierung durch die Werbung wäre. Wir Verbraucher wissen alle, dass Eier mit Speck ungesund sind, weil sie schlechten Cholesterin enthalten, wir riechen den ekelerregenden Gestank, wenn sie verbrennen.

- Auf mich wirkt das nicht wie eine tolle Publicity.

- Hast du dich nie gefragt, ob nicht gerade dieses „Ungesunde", Brechreiz Auslösende das Erfolgsgeheimnis von Eiern mit Speck ist? Der Gestank und das Bewusstsein des schlechten Cholesterins verwandeln ein scheußliches, verbranntes Gericht in eine „verbotene Frucht", die auf den menschlichen Geist eine makabre Anziehungskraft hat und immer haarscharf am Rande der Selbstzerstörung verläuft.

- Sie meinen den Drang eines jeden Organismus, den pränatalen Ruhestatus wiederherzustellen: das Nichts, den Tod.

- Gut! Da höre ich doch den typischen Harvard-Stil heraus.

- Ihnen zufolge müsste die Promotion eines Produktes also immer auch eine Art Publicity für den Selbstmord sein?

- Verkaufen Zeitungen gute Nachrichten? Mit einer Fabrik für schlechte Nachrichten würde ich Geld machen wie Heu, aber leider…

- Leider?

- Geld wie Heu, säckeweise, waggonweise, habe ich schon so viel gemacht, dass es mir inzwischen zu den Ohren rauskommt. Ich finde keinen Genuss daran, noch mehr Geld zu machen. Vielleicht wäre es sogar amüsant, zur Abwechslung mal ein bisschen Geld zu verlieren, vielleicht sogar alles, nur um wieder bei Null anzufangen und sich Schlag auf Schlag wieder hochzurappeln. Es gibt für alles ein Heilmittel, außer für den Tod. Sogar für das American Breakfast, wenn in der Vorratskammer die Eier fehlen... merk dir das!

- Wollen Sie Rührei mit Speck ohne Eier machen? Was für ein Rührei ist das denn?

- Ein Sakrileg! Nichts und niemandem wird es gelingen, mich dazu zu bringen, die heilige Verbindung zwischen dem Speck und dem Ei zu zerstören. Nein, man muss einkaufen gehen. Würdest du mich mit deinem Auto zum Superstore bringen?

Cheryll ist verblüfft. Die Bitte ihres betagten Verehrers scheint ihr unprofessionell.

- Eigentlich bin ich gekommen, um über Geschäfte zu reden.

Aber er hebt wie ein Torpedo ab:

- Wir sprechen nachher darüber, wenn es dir recht ist. Im übrigen ist es heute ja dein Job, mir das Okay für eine 10 Millionen-Dollar-Investition zu entreißen, für mich Peanuts, nicht aber für dich. Das wird dir schon ein Abendessen mit dem alten Milliardär wert sein, den du rupfen sollst.

- Rupfen? Was sagen Sie da?

- Rupfen, ja rupfen, macht aber nichts. Vielleicht lasse ich mich ja rupfen. Aber nicht, bevor ich dir nicht erklärt habe, wie die Dinge auf der Welt laufen, auch um in deinen schönen Augen nicht als kompletter Idiot dazustehen, das heißt natürlich, dass du mir ein bisschen von deiner kostbaren New Yorker Zeit zugestehen musst.

- Einverstanden - nimmt sie den Vorschlag nur widerwillig an - um Ihnen eine Freude zu machen, werde ich mal abschalten.

Mr. Chomsky freut sich, als hätte er mit einem Schein, den er auf dem Boden gefunden hat, im Lotto gewonnen.

- Wie schön ist es doch, mit einem Mädchen einkaufen zu gehen - und reibt sich die Hände, erfreut über die Aussicht, die sich durch das erfolgreiche Werben eröffnet, und fügt hinzu. - Meine Wirkung auf Frauen hat offenbar noch nicht nachgelassen.

- Vielleicht hat das etwas mit Ihrem Bankkonto zu tun, Mr.Chomsky? - erwidert Cheryll sauer.

- Tatsächlich, mein Bankkonto ist ein erstklassiges sexuelles und auch sentimentales Argument. Es überzeugt mehr als das heimtückische Metall von Cupidos Pfeil.

- Kommt darauf an - zweifelt sie.

- Gar nicht mal so sehr. - beharrt der Alte. - Und wie immer sage ich das aus eigener Erfahrung. - Er hält zum x-ten Mal inne, als wolle er sich einen Überblick über die Situation verschaffen, und beginnt erneut: - Jetzt ziehe ich mich aber an und dann gehen wir. Du kannst am Hinterausgang auf mich warten.

- Ich sag's Ihnen gleich - sagt Cheryll ein wenig beschämt. - Mein Auto ist kein Cadillac und total unordentlich, ein Chaos, ein Bordell.

- Bordell? - er macht aus seiner Begeisterung keinen Hehl. - Musik in meinen Ohren! - frohlockt er.

- Nicht in dem Sinne, wie Sie es meinen, dass Sie ein böser Junge sind, sondern im übertragenen Sinne.

- Keine Sorge, meine Liebe. Ich bin nicht schockiert über irgendetwas. Ich mache blitzschnell.

Mr. Chomsky öffnet die Tür zum Vorraum und zieht sich mühsam sein Hemd und seine Hose an. In der Eile vergisst er, den Reißverschluss seines Hosenschlitzes zu schließen, und als er den Vorraum verlässt, entlockt er dem Mädchen einen amüsierten Aufschrei des Entsetzens.

- Sie sind wirklich nicht zu retten, Mr. Chomsky.

- Nicht zu retten schon, aber ohne Tadel - antwortet er, indem er den Reißverschluss mit einer Geste schließt, als ob er ein wildes Tier einsperren würde.

- Scheinbar ohne Tadel. Aber vielleicht nutzen Sie das ein bisschen zu sehr aus.

- Ich weiß, Cheryll. Ich in reich und mächtig. Und ich nutze das aus. *Noblesse oblige,* das ist übrigens kein Latein.

- Ich kann Französisch. Ich habe drei Jahre an der Pariser Börse gearbeitet.

- Was ist denn so los in Paris? Wird da immer noch Revolution gespielt?

- In den Vorstädten werden Autos verbrannt und Barrikaden errichtet.

- Und im Zentrum? Was passiert da Schönes?

- Nichts besonderes. Man trinkt Champagner und isst Austern. Wie immer...

- Und das nennst du nichts besonders? Kleines Dummchen.

Der alte Milliardär und das Mädchen in Stöckelschuhen und einer Manhattan-typischen Arbeitskluft machen sich auf den Weg zum Vorplatz, steigen ins Auto und fahren eilig um einen *megastore* zu finden, wo sie für ihr *candlelight-dinner* einkaufen können.

Im Haus bleibt das Licht an, gemäß der bedauerlichen amerikanischen Sitte, es auch dann nicht auszuschalten, wenn niemand in den Räumen ist.

Das Klingeln des Telefons durchbricht die Stille, in die das luxuriöse Interieur aus Baumstämmen und abgerundeten Felsbrocken im hier vorherrschenden Landhausstil gefallen ist.

Nach ein paar wiederholten Trillern geht der Anrufbeantworter an, auf dem die Stimme von Mr. Chomsky aufgezeichnet ist:

Stimme Mr. Chomsky: Ich bin nicht da, oder falls ich da bin, will ich nicht antworten. Warum nicht? Weil Sie mir auf die Nerven gehen. Ich brauche nichts und niemanden, am allerwenigsten Einkaufstipps oder Angebote für Geldanlagen. Früher oder später wird die Welt sowieso einen Furz abfeuern und ihren letzten Atemzug aushauchen. Deshalb kümmern Sie sich um Ihren Kram und ich kümmere mich um meinen. Verstanden? Fahren Sie zur Hölle! Wenn Sie aber partout nicht darauf verzichten können, hinterlassen Sie eine Nachricht, hoffen Sie aber nicht darauf, dass ich zurückrufe, weder heute noch irgendwann.

Unbekannte Stimme: Guten Tag, Mr. Chomsky. Ich bin Samuel Black von Daniel & Black Investment. Ich rufe an, um Sie über einen bedauerlichen Zwischenfall zu informieren. Mrs. Cheryll Shannon hatte auf dem Weg zu Ihnen eine Panne. Sie kann daher auf keinen Fall vor morgen bei Ihnen sein. Sie wird sich mit Ihnen in Verbindung setzen, um einen neuen Termin zu vereinbaren. Ich bitte um...
Stimme Mr. Chomsky: Time out, leckt mich am Arsch.

II

In der Zwischenzeit schlendern der leicht hinkende alte Mann und das hübsche Mädchen, das seine Enkelin sein könnte, durch die Regale des Supermarktes. Mr. Chomsky schnappt sich einige Pakete, auf denen deutlich das Wort „Rabatt" oder „Sonderverkauf" aufgedruckt ist, und wirft sie in den Einkaufswagen. Dann, an der Kasse, zieht er sein Portemonnaie heraus und zählt alle Münzen darin, bis er die Summe des Kassenbons erreicht hat. Dadurch verlängert sich die Wartezeit der anderen Kunden mit ihren vollen Einkaufswagen, was ein paar missbilligende Blicke hervorruft. Draußen nimmt Mr. Chomsky unerwartet seinen abgetragenen Strohhut ab, um sich den Schweiß von der Stirn zu wischen. Und er hat noch nicht einmal Zeit, ihn wieder aufzusetzen, als eine traurig dreinblickende alte Dame nach einem Blick auf das Aussehen des Mannes, der wie ein arbeitsloser Dorfbewohner mit abgetragenen Kleidern oder wie ein ungepflegter Landstreicher aussieht, ein paar Almosen in den Hut wirft. Cheryll bricht angesichts der eher lächerlichen Szene, in der der Multimillionär von einer Rentnerin Almosen erhält, in Gelächter aus, aber Mr. Chomsky winkt ab, anstatt die Situation und das Missverständnis mit der betrogenen Frau aufzuklären, und murmelt der großzügigen Frau ein „Gott segne Sie" zu. Warum sollte er ihr die Freude nehmen, sich für einen armen Mann in Not nützlich gemacht zu haben, obwohl er weder arm noch bedürftig ist?

- Zu dieser Jahreszeit ist der Lachs vorzüglich - sagt Mr Chomsky, während er in die Küche geht, um die Lebensmittel zu versorgen. - Ein bisschen teuer zwar, zum Teufel! dreissig Dollar pro Kilo. Aber für dich scheue ich keine Kosten, auch weil die Lachszucht, dreimal darfst du raten, natürlich in meinem Besitz ist. Und daher sechzig Prozent dessen, was ich ausgegeben habe, wieder in meine Taschen fließt. Ich esse also gewissermaßen auf eigene Kosten, verstehst du? Und werde auch noch reich dabei! Die Wunder des Kapitalismus - und verliert seinen Gedankengang. - Wo waren wir stehen geblieben?

- Die Lachspreise - schnaubt Cheryll.

- Ach ja, also die sind in die Höhe ge-
schnellt, es ist ein schlechtes Jahr für den Fisch-
fang, weißt du, die Abholzung der Wälder, die
Umweltverschmutzung… - und lacht.

- Aber, das ist doch schlimm, Mr. Chomsky! Was gibt's da zu lachen? - rebelliert das
Mädchen.

- Es ist ein schlechtes Jahr für den Fisch-
fang, aber nicht für mich - betont er.

- Na klar, die Lachsfabrik gehört ja Ihnen!
- ironisiert sie.

- Genau! Die armen Fischer fangen die
Lachse, aber ich verpacke und verkaufe sie. Sie
sterben vor Hunger und ich mache mir ein
schönes Risotto!

- Oh, fein, phantastisch!

- Genau, sage ich ja. Und dabei habe ich
noch nicht einmal berechnet, dass ich, wie ich
dir schon sagte, am Lachs, den ich verkaufe,
wenn ich ihn kaufe, noch verdiene und damit
die Ausgaben für Eier und Speck schon wieder
raushabe, verstehst du? Also...

- Lassen Sie mich nicht zappeln, ich hänge
an ihren Lippen. Also?

- Also, können wir sehr gut das Rührei
überspringen und uns für ein schönes Risotto

entscheiden, die Kosten kriege ich sowieso wieder rein. Hast du Lust?

Das Wort Lust entweicht den Lippen des alten Mannes, begleitet von einem verschmitzten Blick, als wolle er die doppelte Bedeutung des Wortes unterstreichen.

- Für ein Risotto braucht man Zeit, Mr. Chomsky.

- Komm, zier dich nicht. Immerhin handelt es sich um ein Arbeitsessen. Du wirst mir sämtliche Risiken der von Black & Daniel vorgeschlagenen Investition erläutern...

- Daniel & Black, um genau zu sein.

- Entschuldigung. Ich verwechsle das immer mit Black & Decker, dieser Firma, die Geräte für Heimwerker produziert, von der ich übrigens 25 Prozent des Aktienkapitals besitze. Hier dagegen handelt es sich um den Erzengel Daniel und um Samuel Black, zwei absolute Profis im Ausplündern ihres Nächsten...

- Was wir Ihnen vorschlagen, ist ein optimales Geschäft, Mr. Chomsky.

- Vielleicht, vielleicht aber auch nicht. Du musst mich überzeugen. Oder sagen wir: überreden. Du bist am Zug.

Cheryll scheint aus den Wolken zu fallen.

- Am Zug?

- Du hast den ersten Zug - erklärt sich der alte Multimilliardär zwinkernd. - Das kann zum Beispiel das Akzeptieren meiner Einladung zum Abendessen sein. Und dann nutzt du den vertraulichen Ton, die angenehme Atmosphäre des *candellight-dinners,* um mich durcheinanderzubringen.

- Ich will Sie aber gar nicht durcheinanderbringen.

- Ich dagegen wünsche mir, dass du mich durcheinanderbringst - beharrt Mr .Chomsky. - Wie wollen wir es halten? Zehn Millionen Dollar. Das Spiel lohnt sich doch, findest du nicht?

- Bis zu den Kerzen kann ich Ihnen noch folgen, die Spiele-Metapher dagegen erschließt sich mir nicht.

- Die Alten werden wieder zu Kindern, und Kinder spielen nun mal gern. Hast du keine Lust, mit einem armen Milliardär zu spielen?

- Armer Milliardär, das ist schön! - Cheryll kommt nicht umhin, Sarkasmus zu zeigen. Außen reich und innen unglücklich?

- Nein. Ich würde sagen, innen jung, ein Löwenherz *in pectore,* in der Brust... außen altersschwach wie eine vom Blitz getroffene Eiche.

- Man muss nur imstande sein, das Wesen der Dinge zu erfassen und der Menschen natürlich.

- Und du hast diese Gabe, das Wesen der Dinge und der Menschen natürlich, zu erfassen?

- In gewisser Weise, ja. Ich bin eine gute Finanzanalystin, Mr. Chomsky.

- Und ich bin ein geschickter Linguist *(züngelt)*.

- Keine Zoten bitte, seien Sie nett.

- Keine Zweideutigkeiten, keine ordinären Ausdrücke. Ich bin ein altmodischer Typ, *politically correct*, ein Gentleman, das sollte keine sexuelle Anspielung sein. Es sollte dir lediglich zu verstehen geben, dass deine dialektische und analytische, also linguistische Geschicklichkeit heute Abend an einem harten Knochen auf die Probe gestellt wird. Sehr hart, alt, aber hart.

In diesem Moment nähert sich ihr Mr. Chomsky zweideutig, ohne seine Einkaufstüten abgestellt zu haben. Doch Cheryll hält ihn mit einem Schrei auf:

Sie tropfen mir da etwas auf den Fuß, Mr. Chomsk!y - Oh, mein Gott, wie peinlich!

- Was zum Teufel? Das bin nicht ich, der tropft! Ich bin zwar alt und verblödet, aber so weit geht das noch nicht.

- Ich weiß nicht, ich sehe nur, dass es etwas weißes, klebriges ist.

- Das Eis, verdammter Mist, es schmilzt! Zum Glück ist es Vanille und nicht Schokolade, sonst hättest du mich auch noch für inkontinent gehalten. Ich stelle das sofort ins Eisfach, sonst haben wir Vanille-Soße zum Nachtisch statt Halbgefrorenes.

Mr. Chomsky sortiert die Eisbox in den Kühlschrank.

- Hast du irgendwo Papiertaschentücher?

- Natürlich... auf dem Wohnzimmertisch, neben dem Telefon.

- Danke - sie wischt ihren Schuh ab.

- Kannst du mal nachsehen, ob es Anrufe auf dem Anrufbeantworter gibt?

- Ja, der blinkt, da ist ein Anruf drauf.

- Bitte drück den grünen Knopf, damit ich ihn abhören kann... den *grünen* Knopf, wenn ich bitten darf, nicht den roten, sonst wird er gelöscht.

Cheryll, die von einem unbändigen Drang gepackt wird, der ihr ein Zittern auf die Oberlippe zaubert, drückt den falschen Knopf, und ihr Mund verzieht sich zu einem ungeheuer zufriedenen Grinsen, als das Rauschen des zurückgespulten Bandes zu hören ist.

- Oh Gott, ich hab den falschen gedrückt.

- Hast du den roten Knopf gedrückt?

- Ich fürchte, ja. Nicht böse sein, Mr. Chomsky.

Mr. Chomsky zerbricht sich nicht allzu sehr den Kopf über die Nachrichten.

- Ist mir auch schon passiert. Die Knöpfe liegen zu dicht beieinander, sie lassen sich nicht gut unterscheiden. Wenn diese Dinger nicht von meiner eigenen Firma fabriziert worden wären, hätte ich die schon auf Schadenersatz verklagt.

- Kann man da was machen? Kann man den Anruf irgendwie zurückholen?

- Nein, kann man nicht. Die zweite Spezialität dieses Gerätes ist, dass es keinen einzigen Anruf archiviert, nicht einmal den letzten. Jetzt ist er gelöscht. Macht nichts. Die rufen bestimmt nochmal an, wenn es wichtig war - beruhigt sie der reiche Mann.

- Wie dumm von mir. - Cheryll ist bestürzt. - Wo Sie mir doch klar gesagt hatten, dass ich den grünen Knopf drücken sollte und nicht den roten.

- Farbenblind?

- Ich bin ein bisschen zerstreut, eigentlich passiert mir so etwas nie. Wer weiß, wo ich heute meine Gedanken habe. Alles ihre Schuld, Mr. Chomsky - provoziert Cheryll ihn.

- Meine?

- Sie verdrehen mir den Kopf mit Ihrem galanten Gerede.

Mr. Chomsky würde gerne wie ein Löwe brüllen, sich auf diese hübsche und faszinierende Gazelle stürzen und sie direkt auf den Mund küssen. Aber er zieht es vor, sich zurückhaltend zu verhalten. Er schaut ihr direkt in die Augen um eine Vertrauheit anzunehmen und mit tiefer, höhlenartiger Stimme fügt er hinzu:

- Ariel.

Cheryll schweigt und versucht, sich einen Reim auf das eben Gehörte zu machen, dann fragt sie naiv:

- Haben Sie einen Hund? Der scheint aber nicht zu hören. Der kommt gar nicht, wenn Sie ihn rufen.

Mr. Chomsky hat weder Zeit noch Lust, Anstoß zu nehmen.

- Ariel ist *mein* Name. Ich habe und rufe keinen Hund. Ich wollte dich lediglich darum bitten, mich beim Vornamen zu nennen.

- Ist gut, Mr. Chomsky.

- Ariel! Wie der Geist aus Shakespeares *Sturm*.

- Ok... Ariel! - stottert sie scheinbar unterwürfig.

Er nimmt ihre Hand und führt sie mit einer nachdrücklichen Geste an sein Herz, die Cheryll ein verlegenes Kichern entlockt, eine Reaktion, die Mr. Chomsky jedoch nicht mitbekommt.

- Du sollst aber wissen, dass ich den Kampf um die Liebe nicht so einfach mit einem Seufzer aufgebe, wie es eine andere berühmte Persönlichkeit getan hat, die meinen Namen trägt. Wenn ich bei der Frau, die ich begehre, auf Widerstand stoße, dann gebe ich nicht auf, ich bleibe beharrlich... und erobere!

- Ich weiß nicht, was ich sagen soll - sie kann sich kaum ein Lachen verkneifen über diese übertriebene und unangebrachte Galanterie. Aber der alte Mann hat den Verstand verloren, denn der Duft der Frau versetzt ihn in Ekstase, in Verzückung, wie ein Engel, der in das Gewand der Muttergottes geschlüpft ist.

- Sag nichts. Lass dich begehren, lass mich seufzen, lass dich erobern.

Für Cheryll ist es an der Zeit, ihren Verehrer auf den Boden der Tatsachen zurückzuholen. Die Rolle der diensthabenden Dulcinea gefällt ihr aufgrund der wiederentdeckten senilen Demenz des Don Chisciotte nicht.

- Hör mal, Ariel, wir wollen nichts überstürzen. Oder?

- Ist ja süß! Wenn du jetzt gesagt hättest, dass ich es ein wenig überstürze, wäre ich beleidigt. Du hast aber den Plural benutzt, du hast „wir" gesagt und damit explizit deine emotionale Verwicklung zugegeben.

Cheryll zieht vorsichtig ihre kleine Hand zurück, die er weiterhin wie eine Reliquie hält.

- Emotional ist ein bisschen zu viel gesagt, aber eine gewisse Sympathie für dich kann ich nicht verhehlen.

- Meinst du das ernst oder bluffst du? - ist der erste Zweifel, der dem reichen Gauner durch den Kopf geht.

- Warum sollte ich bluffen?

- Um mich in deine Falle zu locken.

- Keine Falle, Ariel. Die Investition ist gut und ich bin sehr professionell.

- Dann ist das mein großer Tag - seufzt Mr. Chomsky. - Ein gutes Geschäft, überbracht von einem Engel wie dir, der mich mit Gold und süßen Melodien überhäuft. Ein Wunder!

Cheryll erkennt, dass die Situation kompliziert zu werden droht, und dass sie ihrerseits so tun muss, als sei sie eine leichte Beute.

- Vielleicht ist es besser, wenn ich den Mund halte. Ich spüre da einen Zynismus oder sogar Sarkasmus in deinen Worten ...

- Das Leben hat mich zynisch gemacht und die Erfahrung sarkastisch. Inzwischen bin ich eben so, ein jähzorniger, cholerischer, ein bisschen verblödeter Alter, dem ein kleiner Tick Viagra genügt, um sich in die verlorene Zeit zurückzuversetzen. Oder sehe ich nicht so aus? Was mache ich für einen Eindruck auf dich?

- Wie trostlos.

- Es ist doch die Realität, die trostlos ist. Ich bin doch nur ein Teil dieser realen Welt, die sehr viele Nachteile, aber auch ein paar Vorzüge hat.

- Zum Beispiel?

Mr. Chomsky beschließt daraufhin, ihr seine Sorgen anzuvertrauen.

-Zum Beispiel ist sie keine Betrügerin. Philosophin schon, aber sie verarscht dich nicht. Sie weiß, was sie von dir will und wie sie dich darum bitten muss: mit harter Mine, ohne Stammeln, ohne Lügengeschichten. Du kannst ja gerne gegen die Realität protestieren, du kannst ihr sagen, dass sie ein bisschen sanfter mit dir umgehen soll. Die Realität ist, was sie ist, das ist ihre Natur, sie kann nichts dagegen tun, dass sie sich manchmal oder sogar öfter als unangenehm erweist. Mit Geld kann man diese Pille ein wenig versüßen, aber die Krankheit der vergehenden Zeit ist nicht zu heilen. Die Realität ist der Spiegel, in dem du dich rasierst und in dem du auf dem Grund deiner Augen das Nichts erkennst.

- Das ist ja zum Herzerweichen, du wirkst so verwundbar!

- Auch in meiner alten Brust klopft ein glühendes Herz - antwortet er mit einem Anflug von männlichem Stolz.

- Wie romantisch du bist.

- Irre ich mich, oder bist du rot geworden? - sagt er zärtlich und nimmt das Manöver des Mädchens ernst.

- Ich weiß nicht, bei solchen Reden...

- Oder bin ich es vielleicht, der Feuer sieht, wo nur ein schüchternes Streichholz glüht? A propos Streichholz, du solltest wissen, dass eine Liebesnacht mit mir zwar ein Sturm der Leidenschaft ist, der muss aber ein bisschen unterstützt werden zur höchsten Vollendung der abenteuerlichen Nacht. Nur eine kleine blaue Perle! Empfindest du Mitleid für mich, Mitgefühl oder was empfindest du wirklich für mich?

- Eine gewisse Sympathie? - Cherylls nachgiebige, fast unterwürfige Haltung sollte jedoch nicht missverstanden werden. Sie ist so schlau wie ein Fuchs, der sich leise in den Hühnerstall schleicht. Sie zögert ein wenig, die Annäherungsversuche des Casanovas voller Geld anzunehmen, aber es gibt Anzeichen dafür, dass sie den Reizen des mächtigen *Tycoons* bald erliegen wird. Schließlich ist diese Haltung Teil ihres Plans.

Mr. Chomsky macht eine zufriedene Miene, wie ein Prüfer, der bei einem Vorstellungsgespräch die richtige Antwort erhalten hat.

- Das ist ja schon etwas. Oder besser, das ist viel und ich bin dir dankbar dafür. Wenn ich mich im Spiegel betrachte, erwische ich mich manchmal dabei, wie ich plötzlich einen Schrei des Entsetzens ausstoße. Wie uns dieses verdammte Alter reduziert, und da hilft keine Medizin, nicht einmal für viel Geld. Man kann es ein bisschen aufhalten, das schon, aber es ist doch nur ein Aufschub des Rendez-vous' mit dem Schicksal, oh weh!

Cheryll kann einen Anflug von Mitleid nicht verbergen.

- Armer alter Ariel.

- Armer Milliardär, da stimmst du mir also zu? - nickt er.

- Ganz arm! - scherzt das Mädchen.

- Wie auch immer, wir sollten es nicht übertreiben. Vor allem sollten wir den Kopf nicht verbinden, bevor er überhaupt verletzt ist. Wie das Sprichwort sagt, so lange es Leben gibt, gibt es Hoffnung, und auch humpelnd kommt man vorwärts, vorwärts, bis zur Eroberung.

- Eroberung wovon?

- Der Zeit, die zu leben bleibt, Cheryll - ruft er in einem Anfall von Aufrichtigkeit. - Je intensiver man sie lebt, desto mehr bleibt zu leben. Wie Faust, der den Augenblick extremen Genusses verewigen wollte: *Augenblick, verweile doch!* - Und während er den goethischen Vers spricht, erstarrt Mr. Chomsky tatsächlich, kneift die Augen zusammen und starrt dann abwesend vor sich hin. Nach einem kurzen Schweigen: - Kommen wir zu uns zurück. Siehst du, wieder ein Zeichen von Alter. Ich kann mich nicht erinnern, worüber wir sprachen.

- Wir sprachen von der Zeit, die dir zu leben bleibt, Ariel, und davon, was du damit noch anfangen willst - fasst Cheryll zusammen.

Mr. Chomsky ändert seinen Gesichtsausdruck und wirft ihr einen missbilligenden Blick zu.

- Seit wann duzen wir uns eigentlich, ich und… Sie?

- Seit kurzem - wundert sich Cheryll. - Du hast mich darum gebeten, erinnerst du dich nicht?

Mr. Chomsky schüttelt verzweifelt den Kopf.

- Nein, leider erinnere ich mich an nichts von dem, was vor einem Augenblick passiert ist. Das Gedächtnis spielt einem ziemliche Streiche. Aus dem Nichts kommen plötzlich uralte Kindheits-Episoden wieder hoch, werden aber von der Gegenwart weggewischt, als ob jemand ununterbrochen den roten Knopf des Anrufbeantworters drückt und alle kürzlich aufgezeichneten Gespräche löscht.

- Wenn Sie wollen, sage ich wieder Mr. Chomsky zu Ihnen.

- Nein, nein, um Gottes Willen. Es ist gut so, du kannst mich ruhig Ariel nennen und duzen. - Nach einer Verschnaufpause fügt er mit den Augen eines verwirrten Rindes hinzu: - Weshalb bist du hier?

- Ich bin hier im Auftrag von... weißt du das noch?

In diesem Moment strahlt der stumpfe Blick des alten Milliardärs und Alzheimer-Opfers vor List und Bosheit:

- Von Black & Decker? - lacht er.

Cheryll erkennt, dass er den Köder geschluckt hat wie ein Thunfisch, der im weiten Ozean schwimmt, ohne sich der Gefahren bewusst zu sein.

- Witzbold, du nimmst mich auf den Arm.

- Ach was - spottet er. - Das ist nur ein Flash, der unterbrechend in die lange Welle des Gedankens hineinfunkt und auf dem weiten Strand der Erinnerung von Zeit zu Zeit ein mehr oder weniger sperriges Relikt an Land spült. Amnesie ist auch eine Methode, um sich das Gewissen zu entlasten. Wer nicht weiß oder sich nicht erinnert, kann ruhig schlafen...

- Du kannst ruhig schlafen?

- Leider nicht, denn je mehr die Kurz-zeiterinnerungen verblassen, desto mehr kommt säckeweise die Scheiße wieder hoch, die man glaubt, lange hinter sich gelassen zu haben. Die geht nicht unter und stinkt weiter, wie eine offene Müllhalde.

Und eine Art Selbstmitleidsspiel, das das Mädchen, das sehr wohl weiß, mit welcher Art von „Hai" es zu tun hat, nicht bewegt.

- Vielleicht ist es besser, wenn ich gehe - provoziert Cheryll.

- Und das Candellight-Dinner? - jammert er.

- Das hast du nicht vergessen? - sagt Cheryll in vorwurfsvollem Ton.

- Keine falschen Hoffnungen, ich wäre ja blöd, wenn ich ein Candellight-Dinner mit dir vergessen würde. Ich habe mir einen Knoten ins Taschentuch gemacht, so schnell wirst du mich nicht wieder los. Ich habe aber vergessen, Kerzen zu kaufen. Ich glaube aber, ich habe noch einen Vorrat unten im Keller. Warte hier auf mich, tu mir den Gefallen, geh nicht weg, oder besser: Beweg dich nicht, bleib, wo du bist, ich bin gleich wieder da.

Chomsky wartet die Antwort des Mädchens nicht ab und eilt in den Keller, als wolle er ein Fenster schließen, um den Kanarienvogel aus seinem Käfig nicht wegfliegen zu lassen. Allein gelassen, sieht Cheryll sich um und entdeckt dann ein Bild an der Wand, ein

Original von Andy Wahrol, das mit der Coca-Cola-Flasche. Also holt sie eine rote Sprühdose aus ihrer Handtasche und verunstaltet das Gemälde mit einer drohenden Schrift.

**SAVE THE WORLD
KILL A CAPITALIST!**

III

Während sie den Slogan schreibt, sind ihre Augen voller Wut, als würde der reißende Fluss ihrer wahren Gefühle plötzlich über die Ufer treten und die Welt überfluten. Und bevor Mr. Chomsky aus dem Weinkeller zurückkehrt, in den er hinabgestiegen ist, um Wein für den galanten Abend auszusuchen, zieht Cheryll eine Pistole aus ihrer Handtasche und hält sie fest in ihrer geballten Faust, dieselbe Faust, mit der wir sie sanft an die Tür des Milliardärs klopfen hörten. In ihren Augen leuchtet jetzt ein neues, geheimnisvolles Licht, als wäre ihr Leben plötzlich um eine zerstörerische Kraft, einen unerwarteten Mut bereichert worden. Ihre Hände, zuvor so zart und durchsichtig wie eine Celliniskulptur, sind jetzt so stark wie die Krallen eines Tigers. Wahrscheinlich hat der lange verborgene Akt des Vandalismus, den sie zurückhielt, um ihre wahren Absichten nicht zu verraten, ihre körperliche und geistige Energie endlich wieder aufgeladen. So stark nicht nur in Stöckelschuhen, wie eine nutzlose Salonverführerin, sondern auch, von diesem Moment an, mit einer Waffe, die ihr Selbstvertrauen und Macht über Leben und Tod verleiht, scheint sich das Mädchen in ihrer ganzen physischen Größe und moralischen Statur monumental zu erheben: ein Riese, dessen Schatten ins Unendliche projiziert wird.

Und vor einem solchen majestätischen Riesen steht Mr. Chomsky, als er zurückkehrt und sich mit einer Flasche Wein und einer brennenden Kerze amüsiert, wie ein torkelnder Weihnachtsmann mit falsch aufgesetztem Bart, der in die Weihnachtsfeier platzt und sich in den Augen der Kinder, die in einem Rentierschlitten auf ihn gewartet haben, nur als armer Narr entpuppt.

- Da sind die Kerzen, zum Glück war noch ein Päckchen da. Möchtest du ein bisschen Musik hören? Mozart vielleicht? Dann mache ich das Essen, du deckst den Tisch und...

- Es gibt etwas Neues, Mr. Chomsky - Cheryll unterbricht ihn und richtet ihre Waffe auf ihn.

Der alte Kauz ist fassungslos, als er Cherylls Geste bemerkt: nicht, dass er sich viel aus dieser Wahrol-Rinde macht, deren kommerziellen Wert er nicht kennt und die ihn offen gesagt auch nicht interessiert. In der Tat hätte er dieses „Ding" selbst angezündet, diese Verhöhnung des kapitalistischen Systems: Man stelle sich vor, die Kunst, die Konsumobjekte reproduziert, wird darauf reduziert, selbst eine Reproduktion eines Produkts für eine Unzahl von Konsumenten und potenziellen Käufern zu sein! Blödsinn, alles Blödsinn... Er hätte lieber einen vulgären Sonnenuntergang von einem der vielen Sundowner, die es auf den Bürgersteigen der Touristenzentren gibt, an seine Wand gehängt, als das Bildnis eines Getränks, dessen Markenname wahrscheinlich schon in seinem so genannten Portfolio war, wie er aus den letzten Aktienoptionskäufen und den letzten Fusionen, an denen er beteiligt war, eher hätte feststellen können. Wenn ein Andy Wahrol an seiner Wand hing, dann nur, weil er sich als jünger, offen für Pop-Art und neue Trends zeigen wollte: alles ein abgekartetes Spiel, um in den Augen möglicher Gäste nicht als Rückwärtsgewandter, als „Matusa" - wie man in den Tagen des großen Protests zu sagen pflegte - zu erscheinen. Im Gegenteil, wenn Cheryll ihm die Sprühdose geliehen hätte oder wenn sie ihn „bitte" oder wenigstens „aus Höflichkeit" gebeten hätte, hätte er eigenhändig das Wort *Scheisse* auf das verdammte Gemälde geschrieben. Das aber, da es sein Eigentum war, nicht ohne seine Erlaubnis verunstaltet werden durfte, noch dazu in seinem eigenen Haus.

- Soll das ein Scherz sein?

- Nein, ein Akt der Liebe - Wird ihm von dem Mädchen vorgehalten, das die Rolle der fügsamen Beute abgelegt hat und nun, da sie das Messer, d.h. die Waffe auf ihrer Seite hat, ihre Macht auszuüben beginnt.

Mr. Chomsky, der sich bewusst ist, dass sich die Situation völlig verändert hat, indem er in die Hände eines Objekts gelangt ist, das in seinen Augen keinen eigenen Willen zu haben schien, ein Spielball seiner Begierde, beschwert sich wie der Jäger, der vom Tiger verfolgt wird, den er erlegen wollte, bevor sein Gewehr klemmte:

- Nennt man Vandalismus jetzt „Akt der Liebe". - Bist du irgendwie sauer auf mich? - Er jammert. - Bist du eifersüchtig auf meinen Plüschkater? Willst du mir etwas heimzahlen?

Darf man erfahren, was es mit diesem „Akt der Liebe" auf sich hat?

Sie ist unnachgiebig wie eine Eisstatue.

- Es handelt sich um einen Akt der Liebe nicht dir gegenüber, du eitler Greis, sondern für die Welt und die Menschheit.

- Ich gehöre auch zur Welt und zur Menschheit.

- Du denkst an die Menschheit nur, wenn es dir passt, und nur, wenn du deinen Arsch retten willst.

- Ich mich retten? Wovor denn?

- Schau mal genau hin: *Save the world... Kill a Capitalist!* ein neuer Slogan der *No-Glob-Generation?* Bisschen makaber, aber effektvoll, unter einem bestimmten Gesichtspunkt. - Er bringt den schwelenden Unmut zum Ausdruck. - Aber du, mein Fräulein, bist kein Kind mehr!

- Das offizielle Alter zählt nicht. Wenn man jung ist, empfindet man ja nur intuitiv das Unbehagen an einem nicht funktionierenden System - oder besser - korrigiert sich nach kurzem Nachdenken - das zwar ausgezeichnet funktioniert, aber nur für ein paar Wenige. Dann wird man selbst vom System verschlungen wie von einem Höllenstrudel und mit der naiven Illusion, man könne dabeisein, ohne sich die

Hände schmutzigzumachen, lässt man sich überzeugen, dass es keine Alternative gibt, dass die Dinge der Welt eben „so" laufen. Eines Tages aber merkt man, dass das alles nur eine Seifenblase ist, ein riesiger Betrug, der auf der inakzeptablen betrügerischen Konvention beruht, dass ein Stück gedrucktes Papier einen Wert hat, nur weil eine Zahl darauf steht. Weißt du, wer der Erfinder des Papiergeldes war?

- Der Teufel wahrscheinlich.

- Genau - hält sie ihn weiterhin mit vorgehaltener Waffe fest. - Die moderne Ökonomie ist die teuflische Erfindung von jemandem, der sich die Zerstörung der Welt und der menschlichen Art zum Ziel gesetzt hat. Das ist die Wahrheit.

- Hast du das an der Uni gelernt? Ich hoffe, nicht in Harvard! Die werden sonst von mir hören. Wenn die inzwischen Anhänger des Postkommunismus sind, entziehe ich denen meine testamentarische Schenkung.

- Gewisse Dinge lernt man nicht aus Büchern, sondern durch das Leben. Nur die Erfahrung bringt einen zur Einsicht, dass das, was man studiert hat, nicht nur unnütz ist, sondern schädlich, wenn nicht tragisch. Ich musste also erst mit eigenen Augen die Leiden der Menschheit sehen, selbst die Tränen von tausend weinenden Müttern, um mir darüber klar zu werden, dass ich alles falsch gemacht hatte.

Während des Gesprächs hält Mr. Chomsky die Kerze fest in der Hand und fuchtelt damit herum, als wäre sie eine Molotov-Flasche in seinem eigenen Haus: im grünen, aber „seltsamen", d.h. verrückten, durchgeknallten Vermont, wo, wie der Slogan selbst sagt, alles passieren kann, was verrückt und unvorhersehbar ist. Sogar Hexen, die sich als süße Jungfrauen in eng anliegenden Fifth-Avenue-Anzügen verkleiden, bevor sie sich in ideologische Monster verwandeln, wie eine furchterregende dreiköpfige Hydra.

- Nun gut, was bezweckst du damit?

- Ich habe es dort hingeschrieben: *save the world*.

- Ich verstehe. Du willst, dass ich mein Geld in eine Spraydosenfabrik investiere? Warum nicht, ich lebe ohnehin nur noch ein paar Jahre, und das Kyoto-Protokoll ist mir egal.

- Typisch für euch Superreiche. Alle wie Faust, der krepiert wie ein echter Kapitalist: indem er sich mit den eigenen Händen das Grab schaufelt - weist sie ihn zurecht, indem sie mit dem Lauf der Pistole wie mit einer S&M-Peitsche herumfuchtelt.

- Sind wir also wieder bei Faust - seufzt er - meinem Faksimile.

- Du glaubst wohl, nur du bist zu gelehrten Zitaten fähig?

Die Wahrheit ist, dass Mr. Chomsky an diesem Punkt in seiner sprichwörtlichen Gerissenheit, die er in jahrzehntelangen Geschäftsbeziehungen erworben hat, erkennt, dass sie nicht die Absicht hat, ihn umzubringen, wenn er sich auf eine mehr oder weniger gelehrte Abhandlung einlässt, zumindest vorläufig. So kommt er wieder zu Atem und fasst neuen Mut:

- Das erste große Opfer des Geld-Gottes und seines Erfinders Mephistopheles! Faust, der mit der Illusion stirbt, die Welt retten zu können! In gewisser Weise ähnelt sein Schicksal dem meinen.

- Willst du sie retten oder kaufen? - ist der Zweifel, der spontan im Kopf des Mädchens auftaucht, das plötzlich erwachsen und gealtert zu sein scheint, genau wie eine Hexe, die den Zauber auflöst und sich von einer Prinzessin in Rosa in einen giftigen Pilz verwandelt. So sieht es zumindest Mr. Chomsky, obwohl die Handlung und die Motivation Cheryll in Wirklichkeit eine ideale Tiefe verleihen, eine moralische Tiefe, die sich deutlich von der kitschigen, affektierten Komödie unterscheidet, die sie anfangs gespielt hat, um sich in das Haus des älteren Kapitalisten zu schleichen. Es bleibt ihm nichts anderes übrig, als die Hiebe zu parieren und den dialektischen Schleudern seiner Gegnerin auszuweichen, der zu diesem Zeitpunkt in der Lage wäre, ihm auch ohne Waffe die Stirn zu bieten.

- Wenn ich in ein Unternehmen eintrete, tue ich das, um es zum Funktionieren zu bringen, nicht um es zu liquidieren. Lieber rette ich sie, ich, diese ekelhafte Welt, vor dem Untergang und... vor...

- Die Welt retten? Wovor denn? Vor dem Kommunismus? Dem Islam? Oder, ja, sehr richtig: dem Terrorismus? Perfekt: Ihr rettet die Welt vor dem islamischen Terrorismus, und wie? Indem ihr sie selber terrorisiert, zerstört, ermordet!

- Vor extremen Übeln. - Er murmelt wie ein geschlagener Boxer, der versucht, sich aus der Ecke zu befreien, in die ihn die Schläge seines Gegners gezwungen haben.

- Aber nicht, wenn die Heilmittel schlimmer sind als die Übel - beharrt Cheryll. - Und vor allem nicht, wenn die Übel von euch selbst geschaffen wurden, um eure Heilmittel zur Anwendung zu bringen.

- Aha, jetzt sind wir bei den Verschwörungstheorien angekommen. - Für dich ist es wohl nicht Unsinn zu behaupten, dass der *nine eleven* kein unvorhersehbarer terroristischer Akt war, sondern eine orchestrierte Inszenierung?

- An der Debatte beteilige ich mich nicht.

- Aha, gut, daran beteiligst du dich nicht.

- Ich sage nur, dass der Terrorismus eurem System in die Hände spielt, das doch von der Angst der Leute am Leben gehalten wird, die sonst rebellieren und nicht mehr mitmachen würden. Und an dem Punkt ist es mir doch egal, ob der Massenterrorismus das Werk einer Sekte oder von religiösen Fanatikern ist. Ich sage nur, dass euch dieser Terrorismus gelegen kommt, ihr macht sehr gute Geschäfte damit. Der Energiepreis wird künstlich in die Höhe getrieben, der Profit steigt und von der Wall Street bis London City, von der Mailänder Börse bis zu den megagalaktischen Yachten der arabischen Scheichs, eurer Verbündeten, seid ihr euch doch alle einig. Ihr seid alle auf der gleichen Seite, ihr seid alle Terroristen. Von den Kirchen über die Synagogen bis zu den Moscheen hört man nur ein Gebet, das Gebet eures einzigen Gottes: *Holy money*, der Geld-Gott! Der große und einzige Gott des Terrorismus!

Mr. Chomsky ist von dieser Gleichsetzung nicht begeistert und schimpft:

- Ich ein Terrorist? Und du schreibst solche Sachen?

- Ich schreibe sie, weil ich daran glaube. Das ist aber kein Terrorismus.

- Ach, nein. Was dann?

- Das Gegenteil von Terrorismus. Und wie ich dir schon sagte, ein Akt der Liebe für die Menschheit. Der Terrorismus trifft doch blind in die Masse hinein. Den Terroristen interessiert es nicht zu erfahren, ob die, die durch seine Aktion getötet werden, irgend eine Verantwortung haben. Ihn interessiert nur, Angst zu verbreiten und mit der Angst das System von Ungerechtigkeit, das die Welt regiert, zu vervielfachen.

- Zu vervielfachen, wie?

Das Verhör findet nun in umgekehrter Reihenfolge statt. Cheryll muss Antworten geben, Alibis und Erklärungen liefern.

- Nach einer präzisen, von der Kommandobrücke gewollten Strategie, die die Welt beherrscht und sagt, was wann und wo zu geschehen hat. Ob ein Krieg nötig ist oder ob man die Leute lieber mit falschen Nachrichten über Epidemien terrorisieren soll.

- Und wer soll zu dieser Kommandobrücke gehören? Die Staatschefs?

- Die Staatschefs sind Marionetten, deren Fäden von dem gezogen wird, der die ökonomische Macht hat.

- Der Teufel wahrscheinlich.

- Ja, wahrscheinlich.

- Und der Teufel wäre ich?

- Dein Reichtum ist diabolisch.

- Willst du mich deshalb eliminieren, um dieses „Reich des Bösen" zu beseitigen, das ich repräsentiere und innehabe, wie Satan, der über die Verdammten herrscht?

- Es würde mir nicht Leid tun, den Abzug zu drücken, du würdest niemandem fehlen.

Cheryll wirft ihm eine ziemlich abwertende Beleidigung an den Kopf und denkt, er wolle das Gespräch beenden, aber Mr. Chomsky ist clever und nutzt den Moment.

- Doch, meinem Butler, der würde nämlich seinen Arbeitsplatz verlieren. Das wäre die einzige Konsequenz deines schlimmen Aktes.

Wenn du alle Kapitalisten tötest, gibt es keine Arbeitsplätze mehr für Butler, so ist das!

- Oder es gäbe gar keine Butler mehr... auch keine Diener.

- Genau, es gäbe nichts mehr. Man würde zur Steinzeit zurückkehren.

- Und? Die Geschichte würde wieder beginnen, auf einer anderen Grundlage, hoffe ich.

Der Begriff „Hoffnung" ist für Menschen wie Herr Chomsky, die an das Alltägliche, an die Konkretheit der unmittelbaren Transaktion gewohnt sind, nicht sehr attraktiv. Die Hoffnung öffnet dann die Tür zu einem anderen Konzept: der Zukunft. Wehe dem, der vom Geschäft lebt, wenn er an die Zukunft denkt und von ihr abhängig ist: es gibt nur die Gegenwart, das *Hier und Jetzt* des Vertrags und des Bankkontos in seinem gegenwärtigen Zustand. Die Hoffnung und die Zukunft sind zwei gefährliche Konzepte, die zudem den Menschen den Kopf verdrehen könnten. Wenn sie aufhören, in einem Zustand der täglichen Notwendigkeit zu leben, der wirtschaftlichen Bedingung und der Abhängigkeit vom System. Wie ein böser Geist, der von einem Spritzer Weihwasser berührt wird, wechselt Mr. Chomsky das Thema, um sich nicht mit der „Frage der Hoffnung" auseinandersetzen zu müssen.

- Ich meine, willst du mich ins Jenseits befördern?

- Ich habe dir schon gesagt, ich bin keine Terroristin, ich will niemanden umbringen. Was ich mache, ist eine demonstrative, eine erzieherische Aktion. Ich erziehe *Einen*, um alle zu retten.

- Du willst mir also den Popo versohlen? - hat er die Dreistigkeit, sich über sie lustig zu machen, da er sich sicher ist, dass er die Kontrolle über die Situation wiedererlangen wird.

Cheryll erkennt, dass sie ihrerseits die Bedingungen der Auseinendersetzung umkehren und ihre eigenen Gründe durchsetzen muss.

- Das hättest du wohl gerne, was? Oh nein, keine Sadomaso-Sitzung, sondern eine schöner Schluck Wahrheit als bittere Medizin.

- Und was willst du mit deiner Wahrheit erreichen?

Das Mädchen, angeregt durch die Fragen ihrer Geisel, antwortet weiter, ohne sich daran zu erinnern, was der alte Mann ihr über den Streit mit dem Landstreicher am Strand von New Jersey erzählt hatte. Ist es nicht so, dass derjenige, der Fragen stellt, die Situation besser unter Kontrolle hat als derjenige, der zur Antwort gezwungen wird und sich oft rechtfertigt?

- Den Leuten bewusst machen, dass man nein sagen kann, dass man sich widersetzen kann, dass man von der Krankheit, die alle gleich macht, und das vielleicht schlimmer als in den kommunistischen Regimes, geheilt werden kann: alle sind Verbraucher, alle sind gleich vor dem Altar des Profitgottes.

- Du verdrehst die Tatsachen: *Wir* sind die Verteidiger des Individualismus, unser ökonomisches System basiert auf dem Prinzip des persönlichen Besitzes und der individuellen Unternehmens-Freiheit.

- Du sprichst über eine Welt, die nicht mehr existiert. Der alte Kapitalismus ist von den Holdings abgelöst worden, die keine Grenzen haben und keinem religiösen oder ideologischen Glauben anhängen. Die Gurus des westlichen Konsumismus haben sich mit den Restbeständen des weltweiten Kommunismus verbündet... - sie atmet kurz durch und merkt dann, dass auch sie ihn unter Druck setzen könnte: - Weißt du, was es bedeutet, wenn zwei Milliarden Chinesen vom Fahrrad steigen und den Motor ihres neuen Kleinwagens anwerfen,

Symbol des neuen kommunistischen Konsumismus, der so clever ist, das Bild Mao Tse Tungs auf die Coca Cola Flasche zu setzen?

- Und der Treibhauseffekt? Die globale Katastrophe?

- Darauf kannst du wetten.

- Na, dann erfinden wir eben eine lokale Katastrophe, um die Zahl der Chinesen, die Auto fahren, ein bisschen zu reduzieren. Wir lassen nur die am Leben, die weiter Fahrrad fahren, zufrieden? Ich kann in meinen Labors ein Virus produzieren lassen, das Chinesen im Kleinwagen befällt, sitzender Chinese tot, Pedalen-tretender Chinese lebendig.

- Auch Faust benutzte den Plural: wir werden tun, wir werden sagen, wir werden produzieren.

- Aber am Ende von Goethes Werk werden alle durch göttliches Eingreifen gerettet, Welt inklusive. Das Happy End des Konsumismus. Findest du, dass das wenig ist?

- Deiner Meinung nach sollten wir also auf den göttlichen Eingriff warten?

- Das ist ja schon einmal geschehen, mit Jesus, der Erlösung... es wird wieder passieren, das hoffe ich. Na ja, die Zukunft wird es zeigen.

Eine angespannte Stille. Das Rascheln der Bäume. Das Schnattern der vorbeiziehenden Enten. Kurzum, die Natur verschafft sich Gehör, als ob auch sie protestieren würde. Cheryll unterbricht die Pause:

- Ich warte aber nicht länger.

- Was machst du dann? Bringst mich um, oder? Wie gedenkst du das Problem zu lösen? - Er beharrt auf den Fragen, denn er hat gemerkt, je mehr man redet, desto später kommt man zur Sache.

- Mit Mord löst man keine Probleme, man verschärft sie sogar noch - es ist in ihrer weiblichen Natur, Entscheidungen mit vielen Worten zu erklären. - Wenn ich dich umbringen würde, würde ich eine Repression auslösen, die Leute würden es nicht begreifen, du wärest der Märtyrer, das Opfer einer armen Irren oder noch schlimmer, einer mörderischen Terroristin. Vor den Augen der Welt sollst aber *du* der Verrückte sein. *Du* bist der Mörder. Ich brauche dich weder zu verurteilen noch zu verdammen, und noch viel weniger brauche ich das Urteil zu vollstrecken. Alle wissen, auf welcher Seite die Wahrheit ist.

- Ich wette, auf deiner.

- Auf der Seite der Menschlichkeit.

- Nimm dich nicht zu wichtig, Mädchen. Weder bist du noch repräsentierst du die Menschlichkeit.

- Ich bin kein Mädchen mehr. Ich könnte schon Kinder haben. Denen möchte ich aber, mit deiner Erlaubnis, eine Zukunft bieten.

- Erlaubnis erteilt, Mama. Man muss den Kleinen nur ihr Breichen geben. Pass aber auf, dass nicht eins das andere aus dem Nest wirft, weil es sich den Bauch alleine vollschlagen will.

- Ich werde sie zur Solidarität erziehen.

Mr. Chomsky wittert Rhetorik in dieser Behauptung, von der er weiß, dass sie nur eine Abstraktion ist.

- Weises Vorhaben. Aber die Natur wird mit ihren Gesetzen stärker sein als deine Erziehung.

- Wie kannst du so etwas sagen, du kennst mich nicht. Du kennst nicht die Kraft, die in mir steckt.

- Oh, und ob ich sie kenne! Du bist eine schreckliche Nervensäge, das bist du, mit deinen absurden Predigten über die Welt, die nicht richtig läuft und darüber, wie sie laufen sollte. Die Welt läuft wie sie läuft, man muss es nur zur Kenntnis nehmen, ohne einzugreifen. Kannst du vielleicht die Umlaufbahn des Planeten um die Sonne ändern? Kannst du vielleicht der Sonne befehlen, das sie die Kraft ihrer Strahlen abschwächen soll? Nein, meine Liebe, das kannst du nicht, so wie du dem Kapitalismus nicht sagen kannst, dass er aufhören soll Geld zu machen. Die Natur ist wie sie ist, die Natur - und nicht nur die des Menschen - ist ökonomisch, numerisch, sie hält sich streng an die Urinstinkte und die Machtverhältnisse. Die kannst du nicht ändern. *Mors tua vita mea:* finde dich damit ab.

- Dann ist es wirklich wahr, *du* bist der Terrorist! - sie klagt ihn an, als würde sie ihn verurteilen.

Dennoch macht Mr. Chomsky weiter, ohne mit der Wimper zu zucken:

- Ich habe lediglich die Tatsache festgestellt, dass das Recht des Stärkeren ein Naturgesetz ist.

- Die Natur reguliert sich aber selbst, zum Beispiel ließ sie die Dinosaurier aussterben, als die anderen Arten zu stark wurden.

- Und *ich* soll wohl der Dinosaurier aus dem Märchen sein? Hamster-Kapitalist? Reichtum als Raub? Lauter vorgefasste Ideen. Paläokommunistische Vorurteile über den Ursprung des Reichtums.

- Wie clever von dir, den Begriff Paläo-Kommunismus zu benutzen, weil ihr mit den chinesischen Neo-Kommunisten ja ganz gute Geschäfte macht! Außerdem sind das keine vorgefassten Ideen...

- Natürlich sind sie das, weil du alles Gute auf der einen Seite, deiner Seite, siehst, und alles Schlechte auf der anderen Seite, meiner Seite.

- Mach dich nicht lächerlich... erspar mir die Liste der Verbrechen des Kapitalismus.

Cheryll hat einen Fehler gemacht, ihre Strategie ist jetzt gefährdet, weil sie sich zu sehr hat hinreißen lassen. Und Mr. Chomsly, der schlaue Fuchs, der er ist, hat dies sofort ausgenutzt.

- Und um zu sparen kommst du ausgerechnet in mein Haus, das Haus eines Scheißkapitalisten? Nur Mut, schieß doch... aber du musst schon Dum-Dum-Geschosse nehmen, mit explosivem Sprengkopf, meine Haut ist nämlich so dick wie bei einem Elefanten.

Cheryll versucht, auf der dialektischen Ebene Wiedergutmachung zu leisten. Sie hat sogar vergessen, dass sie eine Waffe hat, mit der sie zielen kann: Eine Drohgebärde könnte ihn zum Schweigen bringen, indem sie ihren Finger, der auf dem Abzug sitzt, leicht bewegt.

- Es fängt mit dem Genozid an den Indianern Amerikas an und endet bei der Deportation der Sklaven, und das wird alles bis heute unter dem Deckel gehalten, als ob es nie passiert wäre. Ich erzähl dir mal was: Ich war bei einem Abendessen in Montreal, einem dieser zahllosen langweiligen Geschäftsessen, die ich mir einverleiben musste, bevor ich den Tisch für immer umgekippt habe. Mit einer Gruppe von Industriellen aus Quebec und einigen US-Investoren. Um einen makabren Witz zu machen, fing einer von ihnen an, von der blutigen Nacht in San Lorenzo zu erzählen, bei der die Franzosen die Engländer am Flussufer gestoppt haben. Da fingen die Anglophonen an zu höhnen: *Wir* waren zuerst in Nordamerika, - nein, *wir* - ja, aber *wir* haben euch eine schöne Abreibung verpasst... an einem bestimmten Punkt konnte ich nicht mehr und bin explodiert: Verzeihung, und die von euch ausgerotteten Rothäute? Waren die nicht schon vor euch da, ihr Arschlöcher? - Eisiges Schweigen, Grabesstille: Ich hatte ein Tabu gebrochen: den mörderischen Ursprung des modernen Kapitalismus beim Namen genannt. Und wenn ich mörderisch sage, denke ich an ein Konzentrat aus hundert, ja tausend Hitlern zusammengenommen... ganze Völker, die ausgerottet, ein ganzer Kontinent, der sterilisiert wurde, ein Genozid, der Jahrhunderte gedauert hat und noch nicht zu Ende ist. - Und weißt du, wie es ausgegangen ist? Am Tag danach wurde ich vom Büro angerufen, von Samuel Black persönlich.

- Dem heiligen König der Daniel & Black Investment?

- Genau der. Und er sagt mir in seinem New Yorker afro-amerikanischen Slang - armer arschkriechender, blankgeputzter Sklave - „Mrs, Sie sind gefeuert. Suchen Sie sich doch 'n Job bei einem Indianerstamm!" - Zum Kotzen!

- Und das hat bei dir die Idee der Rache ausgelöst…

- Es hat eher was mit Wahrheit zu tun.

- Entwicklung ist meiner Ansicht nach die einzige Garantie für Freiheit - sagt er und schüttelt den Kopf.

- Freiheit? - Cheryll ist empört, dieses hehre Wort aus dem Mund eines totalen Veruntreuers, eines Globale-Profiteurs zu hören, denn das ist es, was sie von ihm hält.

- Genau, wenn die „Torte" der Wirtschaft aufhört zu wachsen, dann werden die Regressionen keine Grenzen mehr haben und alles verschlingen, was du konsolidiert und nicht mehr hinterfragbar glaubtest: Freiheit, Demokratie und Wohlstand. Ohne Entwicklung gibt es nicht einmal mehr die Bewahrung des bereits Existierenden, nur den totalen Verlust unserer Zivilisation. Und auch wenn dir viele ihrer Aspekte nicht gefallen, es ist die Einzige, die wir dir anbieten können. Die Alternative zu Burka und Beschneidung.

- Deine Zivilisation ist eine der Atombomben auf Hiroshima und Nagasaki, vergiss das nicht.

- Was habe ich mit der Atombombe zu tun? Du kannst mich ja gern für sämtliche Übel der Welt verantwortlich machen, aber mit der Atombombe habe ich nichts zu tun, die multiplen Atomsprengkopfraketen sind zwar Produkte einer Fabrik, von der ich ein Aktienpaket besitze, aber nicht die Mehrheit, ich schwör's!

- Dann hast du also ein *einigermaßen* gutes Gewissen?

- Das Gewissen, das Gewissen! - schnaupt er wie ein Schnellkochtopf, der den Siedepunkt erreicht hat. -Wenn *ich* die Bomben nicht baue, dann baut sie jemand anders. Und dann? Was ändert das? Nichts ändert das.

- Hör zu! - verliert sie die Geduld - Ich habe dir jede Menge Argumente gegen den Kapitalismus vorgebracht. Es kommt mir nicht so vor, als ob du imstande gewesen wärest, auch nur eines davon zu widerlegen. Wenn dir die Instrumente und der Wille fehlen, das zu begreifen, dann ist es nicht meine Schuld. Wenn man in der eigenen Idee befangen bleibt, bedeutet das nicht, dass andere nicht Antworten gegeben hätten.

- Die Antworten, die du bis jetzt gegeben hast, sind „Nicht-Antworten", in dem Sinne, dass sie die gestellten Probleme nicht lösen: Sie umkreisen sie.

- Du willst, dass ich meine Ohnmacht gegenüber den Problemen der Welt eingestehe? Sei's drum: Ich bin ohnmächtig. Ohnmächtig, ja, ich bleibe aber nicht mit verschränkten Armen stehen: Ich tue, was ich kann. Ich habe keine Lösungen parat, ich habe keine Allheilmittel. Ich bringe nur zum Ausdruck, dass man sie solchen Leuten wie Dir ins Gesicht schleudern muss. Man muss Staub aufwirbeln und damit auch anderen ein Beispiel geben, ich gehe vollkommen auf in meiner Rolle als Funken, genau, ich bin nichts als der Funke eines in der Luft liegenden Protestes, der sich nicht mehr an Ideologien von rechts oder links festklammert, sondern nur anstrebt, sich zu entzünden und auszubreiten wie ein Flächenbrand.

- Willst du die Wahrheit wissen? Du legst dich mit mir an, weil ich reich bin. Das ist keine Rache, auch keine absolute Wahrheit, das ist Neid.

- Neid worauf? In meinen Augen ist Reichtum natürlich eine Sünde. Wie Jesus sagte: „Es ist leichter, dass ein Kamel durch ein Nadelöhr gehe, als dass ein Reicher ins Reich Gottes komme."

- Das war eine Metapher. Verdrehe nicht die Worte unseres Herrn, wie es dir gerade in den Kram passt!

- Als er die Händler aus dem Tempel jagte, waren das Taten, nicht Worte! - versucht sie sich zu erklären.

Mr. Chomsky ist damit ganz und gar nicht einverstanden und schlägt mit der Faust wütend auf den Tisch.

- Hör mich an, ich werde dich nicht auf Schadenersatz verklagen, du bist jung, hübsch, das Leben lächelt dir zu, ich werde dafür sorgen, dass es dir für immer zulächelt... hör auf mit diesem Irrsinn.

- Der Irrsinn - besteht Cheryll - ist die Gesellschaft, die es einem wie dir gestattet hat, so zu werden, wie du bist.

- Dann reg dich über die Gesellschaft auf, ich habe vom System nur profitiert, wie viele andere auch.

- Dann ändern wir das System - Und wie? Indem wir ein gutes Beispiel geben. Individuell. Ich bin nur der Anfang.

- Großes Wort, das System ändern. Wodurch willst du es denn ersetzen? Durch ein anderes, noch systematischeres System? Durch ein Supersystem? Wir haben gesehen, was dabei herausgekommen ist! Die Sowjetunion, China, schöne Systeme!

- Ich sagte schon, dass ich keine Lösungen, keine perfekten Systeme, keine besseren Welten vorzuschlagen oder vorzuschreiben habe, geschweige denn den realen Sozialismus, der sich zum besten Alliierten des Kapitalismus gemausert hat.

- Was willst du dann? Was willst du machen?

Cheryll bleibt einen Moment lang still, holt Luft und platzt dann heraus.

- Nichts, und mit diesem „nichts" meine ich „alles". Das ist ein seltsames Paradox, das weiß ich, wie das von Achilles und der Schildkröte, die er nie überholen konnte. Aber in dieser historischen Phase der Menschheit gibt es keine vollkommenen Welten, für die man sich auf dem Altar der Ideologie opfert. Ich kämpfe für mich, damit ich mich besser fühle. Damit ich mich im Spiegel ansehen und zu mir sagen kann: So gefällst du mir, jetzt bist du schön. Bin ich egoistisch? Ja, aber mein Egoismus ist eine Quelle des Heils. Warum ich das tue? Weil es edel ist, sauber, anständig, lobenswert. Verstehst du? Schluss mit den Abstraktionen, Schluss mit den Utopien, Schluss mit den neuen Welten. Ich bin eine konkrete Person, in Harvard ausgebildet, mit Master und Doktor in Ökonomie. Ich lese Marx auf Deutsch, Proudhon auf Französisch und Vico auf Italienisch. Ich kann dir sagen, dass ihre Analysen ein alter Hut sind, muffige utopistische Arsenale einer Welt, die sich nur ändert, wenn sie sich der Tatsache bewusst wird, dass der Mensch von Natur aus individualistisch ist und dass die Revolte, wenn sie wirksam sein will, seinen egoistischen Individualismus befriedigen muss: sie muss schön sein, einzigartig, um... ewig zu sein! Die ewige Revolte!

Der alte Capitalist stellt sich taub und kommentiert sarkastisch:

- Da haben wir ja eine neue Kategorie: die individualistische Revolution!

- Sicher, die Revolution macht man doch vor allem für sich selbst. Am Anfang ist alles konfus, dann aber fängt man an, bewusster zu werden. Man findet Gefallen an seiner Kondition als Rebell, das ist doch der Knackpunkt. Je radikaler der Bruch, um so besser. Wir sind doch alle vollkommen imprägniert von den Konventionen traditioneller Verhaltensweisen. Alle unsere Handlungen sind davon bestimmt. Wenn es einem aber gelingt, sie hinter sich zu lassen, sie zu durchbrechen, eine außergewöhnliche Aktion zu vollbringen, dann fühlt man sich stark.

- Und die Welt, die vor diesem mörderischen Kapitalismus gerettet werden soll?

- Die Welt kommt danach - minimisiert sie und entlockt dem runzligen Gesicht des alten Mannes, der plötzlich den Altersrekord von Methusalem gebrochen zu haben scheint, ein spöttisches Lächeln. - Zuerst muss nämlich die innere Feder hochschnellen, ein gesunder Narzismus entwickelt werden, dann kann man an den Rest denken, an die Probleme, die sozialen Ungerechtigkeiten.

- Demnach werden Kapitalisten und Individualisten also von einer identischen Form des bürgerlichen Individualismus gesteuert - fasst er im Geiste der Sachlichkeit zusammen.

- Mit dem einen Unterschied, dass mein Individualismus sich in positiver, konstruktiver Weise auf die Welt bezieht, während deiner versucht, sich des Universums zu bemächtigen, und es, wenn das nicht gelingt, zu zerstören - ist die von Cheryll vorgeschlagene subtile „Unterscheidung".

- Noch ein Paradox? - seufzt Chomsky genervt.

- Bis jetzt sind die Idealisten, die Theoretiker, die Propheten einer neuen Welt so beschrieben worden, als seien sie abstrakte, abstruse, von der Realität abgelöste Personen. Fremdkörper in einer offenbar nicht wandelbaren Welt. Für immer festgelegt durch die rigiden Regeln der Ökonomie. Jetzt ist es plötzlich, als ob sich die Rollen umgekehrt hätten. Ihr Verteidiger der Marktwirtschaft klettert an den Spiegeln hoch, um das Offensichtliche zu verbergen: Euer System ist dabei, die Welt zu zerstören. Während wir Idealisten uns in konkrete, pragmatische Personen verwandelt haben, die fähig sind, die Dinge so zu sehen wie sie sind, die Probleme zur Kenntnis zu nehmen und Handlungen zu vollziehen, die symbolisch sein mögen, aber wichtig für eine neue Sensibilität.

- Symbolische Aktionen wie zum Beispiel, mir das Haus vollzuschmieren und mich als Geisel zu nehmen? Du hättest mit mir ins Bett gehen können und damit hättest du mit Sicherheit etwas für dich und deinen Nächsten, also mich, Nützlicheres getan. - *A propos*, ich habe ganz vergessen zu fragen: Hältst du mich eigentlich als Geisel? Ist die Pistole geladen? Wärest du imstande mich... zu erschießen wie einen Hund?

- Fordere mich nicht heraus. Du hast anscheinend immer noch nicht verstanden, dass du nicht irgendeine Idiotin vor dir hast, sondern eine Gigantin, die dir ebenbürtig ist und fähig, sich dir zu widersetzen! Du willst sehen, ob die Pistole geladen ist? Der Finger auf dem Hahn, reicht dir wohl noch nicht?

Mr. Chomsky lässt sich nicht einschüchtern und setzt seine starke Herausforderung fort. Inzwischen sind die Dinge zu weit gediehen, um aufzuhören: jemand muss gewinnen, sich durchsetzen, und der endgültige Gewinner dieses ideologischen Duells kann nur er sein: der Triumph des absoluten Kapitalismus.

- Nein, der reicht mir nicht.

- Wie du willst. Hier ist die Pistole. Zufrieden?

Die Waffe, die auf ihn gerichtet ist, schüchtert ihn jedoch nicht ein, sondern ermutigt ihn geradezu. Vielleicht, so denkt er, ist es ja nur eine Spielzeugpistole und dieses dumme Mädchen macht sich nur über mich lustig. Also beschließt er weiter seine Rolle zu spielen, die sicher nicht die eines Weicheis sein kann.

- Kannst du das Schrottding überhaupt bedienen?

- Ich würde dir nicht raten, mich auf die Probe zu stellen.

- Und wenn ich auch bewaffnet wäre? - Er versucht abzulenken und provoziert damit Cherylls Ironie.

- Ariel, du bist vergesslich. Selbst wenn ich befürchten müsste, dass du irgendwo eine Waffe hast, würdest du dich doch gar nicht daran erinnern, wo du sie versteckt hast.

- Ok, ok! Ich bin ein alter Trottel. Du willst mich erniedrigen? Na gut, das ist dir gelungen. Du bist eine Frau und du hältst mich schon ohne Pistole ziemlich in Schach... aber wer zum Teufel bist du? Die Pik-Dame?

- Ich wette, als Herzdame hätte ich dir gefallen. Aber so ist es nicht gelaufen, weder Herz noch Blumen.

- Dafür Vergeltung. Was du hier machst, ist doch einfach Vergeltung oder, wie ich schon sagte: Rache... du bist entlassen worden und sauer auf deinen Chef, wie ein Hund, der tagelang nichts frisst und dann den Ersten anfällt, der vorbeikommt.

Der Vergleich macht sie wütend.

- Ich lecke dem Chef nicht die Hand. Ich habe sie nie geleckt, noch nicht einmal, als sie mir zu essen gab. Ich habe auf alles verzichtet, auf Wohlstand, auf die Sicherheit einer *No-limit-Credtitkarte,* weil *ich* mich limitiert fühlte... und ohnmächtig. Ich habe mich gefragt: Willst du so weitermachen, dich von einem System aus-nützen lassen, das dich wegwerfen wird wie eine Ausgepresste? Oder willst du deinem Leben einen Sinn geben, indem du diese Fäden ab-schneidest, mit denen du hin- und herbewegt wirst wie eine Marionette. Hast du Woody Allens Film *The purple rose of Cairo* gesehen? Irgendwann fühlt sich der Protagonist des Films als Gefangener seiner bürgerlichen Rolle. Er steigt aber nicht nur aus seiner Rolle, sondern tatsächlich aus der Leinwand heraus, verwandelt sich in einen Mann aus Fleisch und Blut, fängt an zu leiden und zu lieben wie eine echte Person. Genauso, nachdem ich lange genug versucht hatte, eine Existenz vor mir zu rechtferigen, die überflüssig und konstruiert war, habe auch ich beschlossen, die Konventionen zu brechen, aus dem Chor auszutreten, ein menschliches Wesen zu werden, das sich an den Dramen der Menscheit beteiligt. Nachdem ich als Zuschauer am Drama teilgenommen hatte, habe ich verstanden, dass ich eingreife musste, um das Drehbuch zu verändern. Ich bin auf die Bühne zurückgekehrt und habe mir gesagt: Du kannst dir deine Rolle selbst schreiben. Du kannst etwas tun, um den Plot des Films zu ändern, um auf das Ende Einfluss zu nehmen.

- Das Bühnenbild willst du anscheinend auch noch gestalten. Für die Serie *Do it yourself* von und mit Cheryll Shannon, oder wie zum Teufel du heißt, Regie ebenfalls von der Autorin.

- Ich verstehe deinen Einwand: wie soll man mit einer isolierten Aktion die Welt verändern, wobei man auch noch riskiert, als arme

Irre durchzugehen? - Die Frage bleibt nicht ohne Antwort, und sei sie noch so lakonisch, auf ihren Lippen: - Ich weiß es nicht, aber ich versuch's.

Mr. Chomsky trommelt nervös mit den Fingern auf den Tisch. Er mag es nicht, überstimmt zu werden oder in Schwierigkeiten zu geraten, aber er muss es trotzdem hinnehmen, er kann keine plötzlichen Manöver, keine unbedachten Gesten riskieren.

- Vielleicht habe ich es dir schon gesagt, auf jeden Fall sage ich es dir noch einmal: Warum tun wir uns nicht zusammen? Du willst etwas Gutes tun? Ich helfe dir, ich habe jede Menge Geld zur Verfügung, du brauchst mir nur zu sagen, wie und wo. Hilf mir, rette mich! Nutze diesen Augeblick meiner Schwäche.

Sie ist gezwungen, das Friedensangebot abzulehnen. Ein Unentschieden, wo sie doch um die Oberhand kämpft? Nein, kein Abkommen, kein Waffenstillstand, sondern Krieg, totaler Krieg bis zum Ende, koste es, was es wolle.

- Nein. Ich glaube nicht, dass wir beide uns je verständigen könnten. Ich verfolge die Ethik des Wächters und du die des Gewinns. Ich versuche, die Welt vor Leuten wie dich zu schützen, die sie an sich reißen wollen. Wir sind zwei entgegengesetzte Ufer, wehe, wenn wir uns in der Mitte treffen würden. Das wäre, als ob das Wasser einer kristallklaren Quelle sich mit dem Schmutzwasser der Industrie-Abwasser mischen würde.

- Natürlich bin ich in dem Fall das Abwasser. - Touché! Weißt du, was ich dir sage? Mein alter Hamstermagen macht sich bemerkbar. Ich habe Hunger. Nach deiner Optik ist es an der Zeit, dass die Welt sich verändert, aber für mich ist es Zeit zum Abendessen. Willst du mitessen? Nein? Dein Problem. Wer allein isst, erstickt, wer aber in deiner Gesellschaft isst, fürchte ich, würgt sich... Reich mir die Butter.

- Nimm sie dir doch selbst, ich bin nicht dein Dienstmädchen. Die Sklaverei ist abgeschafft und die Frauen haben das Wahlrecht.

- Ah, seit kurzem? - stupst er sie immer wieder an.

- Hör auf, den Trottel zu markieren

- Schlechte Laune, kleines Mädchen!

Er setzt sich an den Tisch, auf dem die verpackten Lebensmittel und Einkaufstüten stehen. Und um seine Enttäuschung noch deutlicher zu machen, führt er das Essen genüsslich mit den Händen zum Mund, nachdem er die

Packungen mit den Zähnen zerrissen und die Plastikreste auf den Boden gespuckt hat. Cheryll starrt ihn angewidert an und verzieht die Lippen:

- Ich lasse mich nicht von dir ausnützen, auch deswegen, weil ich zufällig bewaffnet bin.

Mr. Chomsky kaut mit weit geöffnetem Mund, so dass man das Geräusch seines sich öffnenden und schließenden Gebisses hören kann, das mit den vergilbten Porzellanzähnen klappert.

- Dann bist du also eine Halsabschneiderin, kein Engel. Selbst der Racheengel aus dem alten Testament benutzt nicht das Schurken-Messer und auch nicht die Räuberpistole, sondern das funkelnde Schwert der Gerechtigkeit.

- Tut mir Leid, dass ich in Zivilkleidung aufgetreten bin, im Sonntagskostüm, beim nächsten Mal werde ich mich gleich als Samurai verkleiden. Oder als Ritter der Tafelrunde auf der Suche nach dem heiligen Gral und der absoluten Wahrheit.

Schließlich schluckt Chomsky sein Essen herunter, als ob er einen bitteren Bissen oder sogar eine Kröte schlucken würde, um sofort eine weitere Ladung abzufeuern.

- Die Wahrheit ist doch, dass sich die Mittelmäßigen an meinem Reichtum stören, weil sie nicht wissen, was sie mit ihrer eigenen Existenz anfangen sollen, und auf alle neidisch sind, die in irgendeinem Bereich aufsteigen. Z.B. wurde John Lennon von einem Spinner umgebracht, der auf den Erfolg eines großen Mannes neidisch war.

- Du solltest Steine nicht mit Diamanten verwechseln. Du bist nicht John Lennon. *Er* hat den Mut gehabt, das auszusprechen, was er dachte,.

- Zum Beispiel?

- Kennst du das Lied? *Immage all the people living life in peace...*

- Was wäre das für eine Welt? Eine Welt ohne Hoffnung... auf den ersten Preis.

- Jetzt, wo du mit dem Rücken zur Wand stehst und das Erschießungskommando vor dir aufgereiht ist, redest du von Hoffnung? Daran hättest du früher denken sollen, jetzt ist es zu spät, mein Schatz!

- Ist gut, ich bin vielleicht nicht wie John Lennon. Ich bin aber ein großer Unternehmer, der ein unvorstellbares Vermögen gemacht hat. Dieser Reichtum ist natürlich die Frucht meiner

Qualitäten und meiner unternehmerischen Fähigkeiten, meiner Intelligenz.

- Natürlich? Ist es vielleicht natürlich, Millionen von Kindern sterben zu lassen, um Geschäfte zu machen? - Ich will jetzt nicht konkrete Beispiele aufzählen, die jeder kennt, aber die sogenannte „Natürlichkeit" des unmäßigen Reichtums finde ich lächerlich. Das ist ein echter Witz, den ihr uns da erzählt.

- Du wirst nie das zustandebringen, was ich geschafft habe.

- Das will ich auch gar nicht. Im Gegenteil, ich bekämpfe das, was du aufgebaut hast.

Der alte Mann kaut, schluckt und füllt den Mund ununterbrochen nach.

- Wir sind also die Protagonisten des ewigen Kampfes Gut gegen Böse. Du auf der Seite des Guten und ich, ohne Ausweichmöglichkeit, auf der Seite des Bösen. Als ob ich einen faustischen Pakt mit dem Teufel geschlossen hätte, um der Magnat zu werden, der ich bin, das Finanzgenie, ich!

- Ich bin nicht abergläubisch, bin aber überzeugt, dass in jedem übertriebenen Reichtum der Teufel seine Finger im Spiel hat.

- In deinen Worten spüre ich den Geist der Inquisition. Mein Vermögen ist nicht das

Ergebnis eines Paktes mit Beelzebub, sondern meiner...

- Meiner, meiner, meiner! Kannst du nichts anderes sagen?

- Zum Beispiel?

- Unserer, unserer, unserer - wiederholt die Frau fast hysterisch.

Ein kurzes Schweigen. Mr. Chomsky isst weiter und trinkt Rotwein. Zwischen den Bissen nimmt er seine Rede wieder auf.

- Deiner Ansicht nach ist Eigentum also Raub?

- Ja. Der Besitz des Wassers, das der Menschheit dazu verhelfen könnte, den Durst zu stillen, ist ein Verbrechen.

- Und wenn ich dir sagen würde, dass ich in gewisser Weise auch Teil der Wächter-Ethik bin? Wenn ich nämlich meinen Besitz nicht mit einem Drahtzaun verschlossen hätte, wären die Jäger gekommen, um das Wild zu töten. Hier z.B. hat mein Status als Eigentümer dazu gedient, Umweltzerstörung zu verhindern.

- Kindliche Rechtfertigung eines obsoleten ökonomischen Systems.

Mr. Chomsky traut seinen Ohren nicht, er scheint eine kulturelle Obszönität, eine Blasphemiegeschichte gehört zu haben:

- Der Kapitalismus obsolet?

Cheryll nimmt eine Zeitung, die auf dem Tischchen herumliegt, blättert darin herum und findet sofort, was sie sucht.

- Lies mal hier. Die haben einen Zug ohne Lokführer erfunden, er wird von einem Roboter gefahren.

- Und worüber beklagst du dich?

- Die Leute haben keine Arbeit mehr, weil die Arbeitswelt inzwischen automatisiert ist. Die Produktion braucht keine Menschen mehr, nur noch Roboter und Sklaven.

- Und das heißt?

- Es heißt, dass der Kapitalismus in der Krise ist: Wer kauft denn etwas, wenn niemand mehr etwas verdient?... Weißt du, was Karl Marx über den Kapitalismus gesagt hat?

- Der hat bestimmt kein gutes Haar drangelassen.

- Er hat gesagt, dass man ihn nicht einmal bekämpfen muss, weil er früher oder später sowieso untergeht. Durch die Wucht der sich vervielfachenden Profite gerät er irgendwann an einen Punkt ohne Wiederkehr, wie eine Super- nova, die in einem schwarzen Loch kollabiert. Er verschlingt sich selbst. Das Kapital hat keinen Namen mehr. Es hat keine Ideologie mehr, außer der des astronomischen Profits. Es hat nicht einmal mehr ein Vaterland, außer dem der Steuerparadiese. Der Kapitalismus ist wie ein Computerspiel, virtuell, eine gigantisches digitales Monopoli auf dem großen Welttheater.

- Du hast Recht: Die Globalisierung ist dermaßen fortgeschritten, dass zum Beispiel die Fabrik, in der die „No-Global"-T-Shirts produziert werden und die mit der Aufschrift „Hasta la victoria siempre" oder mit dem schönen Antlitz des romantischen Helden Che Guevara, also, diese Textilfabrik hat ihren Sitz in Indonesien, profitiert von der Ausbeutung Minderjähriger und - hör gut zu - gehört mir. Ihr Idealisten kauft euch die T-Shirts, bereichert mich und ich lache mir ins Fäustchen.

Aber Cheryll ist ideologisch auf den Angriff vorbereitet und weiß, wie sie zu reagieren hat:

- Der Mensch in der Marcuse-Falle. Die Einverleibung und ökonomische Ausbeutung des antikapitalistischen Protests durch den Kapitalismus.

- Und das ist gut so... - schnaubt der alte Kapitalist, - nehmen wir die Prophezeiungen des Herrn Marx mal als pures Gold - entschuldige diese ketzerische Verknüpfung. Was hätte es denn für einen Sinn, den Untergang des Kapitalismus zu fördern? Der ist doch sowieso nicht aufzuhaltem. Lass mich in Frieden sterben, an einer Verdauungsstörung, auf eigene Rechnung, in meinem Bett, zum Teufel! Aus Altersschwäche, es fehlt ja nicht mehr viel, oder? In dem historischen Moment, in dem das Morgengrauen der Zukunft anbricht.

Nun, da der Kapitalist sich im Begriff fühlt, verschrottet zu werden, wie der letzte Kapitalist, der selbst im Angesicht des Todes nicht aufhört, Geschäfte zu machen, und seinen Peinigern denselben Strick verkauft, mit dem er gehängt werden wird, wie Marx sagt, bringt er die Zukunft ins Spiel, sogar jetzt: sicherlich, weil es ihm passt.

Cheryll ist gezwungen, ihn zu enttäuschen:
- Die Zukunft ist nur ein schwarzes Loch. Ich lebe in der Gegenwart. Deinem bulimischen Carpe diem, deinem egoistischen Raff-Raff-Slogan setze ich eine anorexische, einfache existentielle Empfehlung entgegen: Sieh zu, dass dein Leben einen Sinn hat, heute, in dem Moment, in dem du lebst.

Mr. Chomsky trinkt ein weiteres Glas Wein und stößt einen bestialischen, ekelhaften Rülpser aus, der einen Geruch von schlecht verdautem Käse aus seinem mit Galle verstopften Magen hinterlässt.

- Ich gebe zu, dass du philosophisch gut vorbereitet bist, aber genauso leichtgäubig bist du auch... abgesehen einmal von der Pistole, dem Finger am Abzug oder wie man das nennen soll.

- Das heißt?

- Wie soll man aus dieser Form des Kapitalismus ohne Kapitalisten herauskommen, das heißt ohne die Menschen, die - wie sich in China gezeigt hat - auch in den kommunistischen Regimen perfekt funktionieren?

- Du bist der Koch: Hast du irgendein Rezept? Ich habe keines, ich habe nur die praktische Aktion. Wie ich schon sagte, das Ergebnis zählt nicht, es zählt der symbolische Wert der Geste, dass man sich lebendig fühlt, indem man ein Beispiel gibt, dass man den Funken springen lässt, der den Motor startet...

- Oder den Brand aufflammen lässt, wie den meiner Eier mit Schinken, den wir gerade noch haben löschen können, bevor das Haus in Flammen aufging.

Er wird rot, als ob das Feuer in seinem Gesicht noch lodern würde. Er hustet, hört aber nicht auf zu essen und nimmt das Essen gierig mit den Händen, als wolle er es jedem, der es braucht, buchstäblich wegnehmen.

- Das Morgengrauen der Zukunft - sagt sie ihm belehrend - werden wir nie erblicken, weder ich noch du. Die Zukunft ist etwas unerreichbares, konfuses. Man lässt sie besser von unserem Bildschirm verschwinden, schafft sie offiziell ab. Übrigens haben, als die Humanisten an das Morgen dachten, Menschen wie du die Gegenwart unwiederbringlich zerstört, als sie durch die planetarischen Katastrophen auch die Zukunft vergiftet und mit Hypotheken belastet haben.

- Du kannst abschaffen, was du willst: das Morgengrauen, den Tau, die Champs Élisées und die siebzig Jungfrauen - weißt du, was *ich* inzwischen mache? Ich genieße das Leben, so lange ich kann.

- Rüpelhaftes Benehmen und Mampfen wie ein Schwein, das wäre in deinen Augen also „das Leben genießen"?

- Es ist vielleicht nicht das Maximum... aber es ist eine Art, den Gedanken an den Tod zu vertreiben.

- Du gestehst dem Leben eine zu große Wichtigkeit zu, deshalb fürchtest du den Tod so sehr.

- Das Leben ist schön, deshalb gestehe ich ihm Wichtigkeit zu. Es gibt die Töne, die Farben, die Formen, es gibt die Frauen... du bist eine davon.

- Und es gibt das Geld.

- Das Geld zählt nicht.

Cheryll hat jetzt das Gefühl, dass der alte Mann blufft.

- Das sagst ausgerechnet du!

- Ich weiß, es ist ein Widerspruch, wenn man ein reicher Kapitalist ist und gleichzeitig behauptet, Geld sei nicht wichtig oder nicht alles... zuerst kommt der Genuss und dann der ganze Rest. Aber um das Leben in vollen Zügen genießen zu können, ja, da kommt wieder das Geld ins Spiel. Ohne Geld kann man nichts machen, geschweige denn genießen... weil Zeit Geld ist: Nur Geld gewährt die Möglichkeit, Zeit für den Genuss zu haben.

- Der Genuss wäre also etwas für wenige Auserwählte, eine Art Oligarchie des Sublimen, ein Club der Genießer... armer alter Irrer!

- Nicht weich werden. Ich bin inzischen fast am Punkt ohne Wiederkehr angekommen... weißt du, wenn das Flugzeug auf der Piste an Geschwindigkeit gewonnen hat und nicht mehr bremsen kann vor dem Abheben, oder wenn die Stromschnellen eines Gebirgsbaches in der Nähe des Wasserfalls zu stark werden als dass man ihnen noch entgegenwirken könnte? Es kommt ein Moment, in dem man die echten Werte spürt, die echten Prioritäten. Und dieser Moment ist für mich gekommen.

- Krokodilstränen oder historische Ankündigung?

- Ich packe nur den Stier bei den Hörnern. Ich werde platzen - da es ja festgelegt ist, dass ich platzen werde - indem ich mich mit Essen vollstopfe. Ah, ah, ah!

- Bist du nie satt?

- Berufskrankheit, ma cherie! Ich bin auf dem Gipfel der kapitalistischen Nahrungskette.

- Dann könnte die magische Formel im Umkippen der Pyramide bestehen. Du ziehst den Karren und die anderen brechen in Jubel aus.

- Pyramiden sind dafür geschaffen, so dazustehen, wie sie sind, wenn du sie umdrehst, stürzen sie zusammen.

- Dann wird eben auf einem Haufen Trümmern getanzt.

Ihr Schlagabtausch geht weiter. Unerbittlich, ohne Ende, als ob sie beide recht hätten.

- Es wird immer Leute geben, die lange Finger haben und ein paar Stücke mitgehen lassen, um sich ein Häuschen zu bauen, und zwar zum Schaden der anderen, indem sie vom gemeinsamen Eigentum profitieren.

- Und wir werden ihnen die Hand abhacken.

- Wer, wir?

- Ich, du, er, wir. Alle, die sich des Problems annehmen wollen.

- Und wenn alle lange Finger haben?

- Dann schneiden wir alle Hände ab.

- Nicht einmal die französische Revolution hat es geschafft, alle Köpfe abzuschneiden, am Ende gebar der Berg ein Mäuschen.

- Aber dieses Mäuschen hat die Ideale der Freiheit verbreitet.

- Liberté, fraternité, égalité... olé olé! - ist der Witz des nun völlig betrunkenen alten Mannes, der mit einer Serviette wedelt, als wäre er ein Fan in einem Fußballstadion.

Aber Cheryll fährt weiter wie ein Zug, der seine Fahrt nicht abbrechen kann, weil die Bremsen kaputt sind.

- Es gibt keine Freiheit ohne Gleichheit. Das Wasser gehört allen, weil alle Durst haben, die Erde gehört allen, weil alle Hunger haben und sich alle ernähren müssen. Das nennt man natürlichen Besitz und das schränkt dein Konzept von Privatbesitz ein.

- Aber der Hunger kann kleiner oder größer sein, bei mir zum Beispiel ist er sehr groß, das grenzt schon an Gefräßigkeit... das ist meine Natur, was soll ich tun, ich bin nun mal so. Du kannst dich ja mit Mutter Natur anlegen!

- Du bist so, weil deine Natur nicht erzogen worden ist.

- Danke, Frau Lehrerin, aber bevor du mich umbringst... ich bin gegen ideologische, politische und moralische Heilmethoden resistent. Wollen wir anstoßen?

Mr. Chomsky hustete heftig und stellt schließlich das Trinken und Essen ein. Ein langes Schweigen. Dann schenkt Mr. Chomsky zwei Gläser Champagner ein und überreicht Cheryll eines.

- Ich weiß nicht, ob ich Lust habe, mit dir anzustoßen. Worauf willst du denn anstoßen?

- Auf die Liebe.

- Deine Liebe ist eine Einbahnstraße: Du liebst nur das Geld.

- Vielleicht irrst du dich - Er hustet wieder. - Vielleicht bin ich noch fähig, etwas zu empfinden... vielleicht dank Viagra.

- Das ist eine fixe Idee! Ist es möglich, dass für euch Männer der Sex das einizige Vergnügen des Lebens ist?

- Nicht das einzige, aber das wichtigste.

Cheryll kann es sich nicht verkneifen, ihm die letzte Lektion im Leben zu erteilen.

- In der Tat sind die monotheistischen Religionen Ausdruck der chauvinistischen sexuellen Aggressivität der Männer und der Raffgier des Kapitalismus.

- Gott schütze uns vor dem Feminismus der Siebzigerjahre. Den erträgt doch niemand mehr!

- In den matriarchalischen Gesellschaften waren die verehrten Gottheiten alle positiv, die Natur, die Mutter Erde... dann seid ihr an die Macht gekommen und habt aus Gott - seit Zeus - einen simplen Ejakulator gemacht, sogar die Zeugung des Sohnes habt ihr heilig gesprochen. Dabei haben selbst Hunde Sperma! Der Kampf um das Samenvergießen hat aber Kriege ausgelöst, die sich auf euer ökonomisches System gründen. In den Höhen des Himmels habt ihr ein Monster geschaffen, und dieses Monster heißt: Geld-Gott.

- Dann lass uns doch auf den Geld-Gott anstoßen... Holy Money.

- Nein, nieder mit dem Geld-Gott. Tod dem Geld-Gott.

- Ich nehme dich beim Wort...

Cheryll ist verblüfft über die Ankündigung. Mr. Chomsky hat Mühe, mitzuhalten.

- Geht es dir nicht gut?

- Weißt du, was eine echte Revolution wäre?

- Wenn du anfängst, von Revolution zu reden, muss die Situation sehr ernst sein.

- Meine Idee von Revolution unterscheidet sich von deiner.

- Das hoffe ich sehr.

- Das Leben müsste andersherum gelebt werden. Zuerst müsste man sterben, dann hätte man schon mal trickreich das Trauma umgangen. Dann wacht man in einem Krankenhaus auf und freut sich über die Tatsache, dass es einem jeden Tag besser geht. Dann wird man entlassen, weil es einem gut geht, und das erste, was man tut, ist, sich die Pension von der Bank zu holen und auf den Kopf zu hauen. Mit der Zeit nehmen die Kräfte zu, der körperliche Zustand verbessert sich, die Falten verschwinden. Dann fängt man an zu arbeiten, und gleich am ersten Tag kriegt man eine goldene Uhr geschenkt. Man arbeitet vierzig Jahre lang, bis man so jung ist, dass man den Rückzug aus dem Arbeitsleben angemessen genießen kann. Dann geht man von Party zu Party, trinkt, spielt, hat Sex und bereitet sich auf das Studium vor. Dann beginnt die Schule, man spielt mit den Freunden, ohne Verpflichtung und Verantwortung, bis man ein Baby ist. Wenn man klein genug ist, kriecht man in einen Ort hinein, den man inzwischen ziemlich gut kennt: die Möse.

- Ariel, es fehlt dir zwar an Puste, aber nicht an Phantasie!

- Die letzten neun Monate verbringt man ruhig und entspannt schwimmend, in einem geheizten Raum mit Room Service und sehr viel Zuwendung, ohne dass einem irgend jemand auf den Wecker geht. Und am Ende verlässt man diese Welt mit einem Orgasmus.

- Der finale Orgasmus... du bist so blass geworden, als ob dir ein Geist erschienen wäre.

- Ich *bin* der Geist. Ich habe Diabetes. Ich habe kein Insulin im Haus, und eigentlich müsste ich eine strenge Diät einhalten. Jetzt habe ich mich aber so vollgefressen, dass ich in Kürze in ein diabetisches Koma fallen werde. Ich bin am Arsch. Hilf mir, ich muss mich aufs Sofa legen.

Cheryll hilft ihm ein paar Schritte, so wie es eine junge Pflegekraft tun würde, die einen Großelternteil zu versorgen hat.

- Warum hast du das getan?

- Um dir den Spaß zu verderben, mich zu killen. Am Ende hättest du es doch getan, gib's zu. Deswegen bist du doch hier, oder nicht? Um die Welt zu rächen, das sind doch nicht nur Geschichten! Nun gut, jetzt habe ich dir den Spaß vedorben und dabei sogar noch ein gutes Essen und nette Gesellschaft genossen, obwohl sie ein kleines bisschen nervtötend war...

- Wenn du das sagst, ist das für mich ein Kompliment.

- Das hast du verdient, ich sage es dir ganz im Ernst. Du hast was drauf, du hast mich reingelegt... und mich hereinzulegen, ist nicht so einfach. Die Qualitäten des Gegners sollte man stets anerkennen. Mehr noch... und das mögen meine letzten Worte sein. Wenn ich eine Tochter gehabt hätte, hätte sie so sein sollen wie du. Du bist ein richtiges Miststück, ganz der Vater.

- Ich schätze diese Selbstkritik am Ende deiner Tage.

- Du kannst mir jetzt deinen Namen sagen, deinen richtigen Namen.

- Mein Name ist „Niemand", was auch „Alles" bedeutet.

Mr. Chomsky ist immer noch in der Stimmung für Witze:

- Hört sich an wie der gesetzliche Vertreter des Verwaltungsrates der Menschheit - selbst im erhabenen Moment des Sterbens maßt sich der ausrangierte Dynosaurier noch Werturteile an. - Bitte. Ein Kuss - sagt er und stützt seine Stirn auf ihre Schulter. - Wie ein alter Vater damit ich friedlich sterben kann... in Frieden, nicht mit mir selbst, vielleicht auch nicht mit der Welt, aber wenigstens mit dir, jetzt, wo meine Zeit gekommen ist.

Sie drückt ihm einen Kuss auf die Stirn:

- Ja, wie bei einem alten Vater.

- Ich werde dir aber keinen Dollar hinterlassen.

- Fick dich.

Cheryll ist nicht naiv und hat natürlich begründete Bedenken, ob Mr. Chomsky tatsächlich in Lebensgefahr liegt. Aber inzwischen hat sie ihr Ziel erreicht, nämlich dem alten Kapitalisten eine Lektion zu erteilen. In der Hitze der Debatte hat sie die Pistole aus den Augen verloren, die wie von Geisterhand plötzlich in den Händen von Herrn Chomsky auftaucht, der als Sterbender ins Leben zurückzukehren scheint und sich freut wie eine Katze mit sieben Leben.

- Cheryll, Überraschung... ich bin nicht tot. Wieder auferstanden. Ich bin nämlich unsterblich, ich bin der Geld-Gott, *Holy Money*. Ich bin ich und niemand außer mir...

In der grünen und *weird,* seltsamen Landschaft von Vermont fällt ein Schuss, der die Geschichte an dieser Stelle beenden sollte. Doch die Wege des Herrn sind, wie das Sprichwort sagt, endlos. Und auch in diesem Fall will der Allvater nicht dem alten Sprichwort „Sag nicht Katze, wenn du sie nicht im Sack hast" widersprechen, das bisher den ständigen Rollentausch der Figuren in dieser Geschichte - von der Beute zum Jäger und umgekehrt - geprägt und bedingt hat. Um dies zu verstehen, müssen wir einen kleinen Zeitsprung machen und die Geschichte der Entführung des Milliardärs, die mit einem Schuss auf den Entführer endet, in das folgende Jahr verlegen.

IV

Wir befinden uns immer noch im grünen und zunehmend *weird* Vermont. Nach dem strengen Winter und der Schneedecke, die geschmolzen ist und sich erst Ende April in den See ergossen hat, erstrahlen die Hügel wieder in ihrem leuchtenden Grün im Golfplatzstil. Im Garten von Herrn Chomskys Häuschen blühen wunderschöne Pflanzen, die vorher nicht da waren. Es ist, als hätte eine weibliche Hand dem idyllischen Bild, das jetzt leicht auf einer Touristenpostkarte landen könnte, einen kleinen, aber wesentlichen Schliff gegeben.

Der reiche Alte sitzt in einem *Vermonter*, hat ein Plaid auf dem Schoß, eine lustige Wollmütze auf dem Kopf und ein großes Thermometer im Mund. Er ist sichtlich genervt: Eine Weile schnippt er mit der Zunge zwischen den Lippen, ohne zu verstehen, was das Gerät ist.

- Rose, Rose! Was tue ich hier, in diesem Haus? Wo bin ich? Vor allem: wer bin ich? Warum hast du mir dieses Ding in den Mund gesteckt... zum Donnerwetter! Ist das was zu essen oder zum Lutschen? Ich beiß jetzt rein... wie heißt du noch? Ach ja, wie eine Blume... wie die... Rose!

In einer für den aufmerksamen Leser vorhersehbaren Wendung taucht Cheryll auf, die den Kampfnamen, mit dem sie sich im Minirock und mit einer in der Handtasche versteckten Pistole dem unvorsichtigen und sabbernden reichen Mann präsentiert hatte, aufgegeben hat und sich nach der prächtigen Primadonnenblume benennt, der sie selbst an Schönheit und Dorngefahr gleichkommt.

- Jetzt tust du wieder so, als seist du ein alter Trottel. Du bist nicht so dumm, dass du nicht weißt, wer du bist und wie du heißt.

Mr. Chomsky hat einen ebenholzfarbenen Blick, der auf das Thermometer gerichtet ist, das er zwischen zwei Fingern seiner faltigen Hand umklammert:

- Ist das zum Essen?

- Bist du verrückt? Willst du enden wie ein Quecksilber-Thunfisch? Das ist das Thermometer, zum Fiebermessen, Schatz.

- Ich dachte, es wäre ein Löffel.

- Das benutzt man, um Fieber zu messen und damit du ein bisschen den Mund hältst. Mund zu.

- Es geht nicht, es ist riesig.

- Du hast kein normales Fieber, du hast das Goldfieber, Liebster. Du brauchst ein Riesenthermometer.

- Mein Gott, mir ist nicht nach Scherzen zumute!

- Lutsch und sei ruhig, bitte. Ich muss mich jetzt mal kurz um Afrika kümmern.

- Afrika?

- Genau - nickt Cheryll alias Rose. - Wir versuchen doch gerade, Afrika zu retten, Liebster.

Der alte Mann schüttelt seinen grauen Kopf:

- Deswegen habe ich dich aber nicht geheiratet.

- Weswegen hast du mich denn geheiratet?

- Um Sex zu haben, stinknormalen Sex.

Die Provokation geht nicht auf, denn Rose, oder Cheryll, wie sie auch heißen mag, bricht in sarkastisches Gelächter aus: - Du wirst Sex mit der Haushälterin haben. Die kriegt extra das Doppelte, damit du sie anfassen kannst nachdem du Afrika gerettet hast.

- Mein Gott, übertreibst du nicht ein bisschen? Wir haben doch schon St. George gerettet?

- St. George ist ein kleines Hirtendorf. Da haben wir aber nur eine Viehtränke gebaut.

- Und was gibt's Neues von... wie heißt das noch... Wasweißich!

- Ich kenne kein Wasweißich.

- Du weißt ganz genau, was ich meine.

- Ich weiß, du meinst das Hospiz für die Pazifik-Perlenfischer. Oder war es der Fußball-platz für die Kinder in Tibet ...

- Scheiße, den Everest haben wir aber noch nicht dem Erdboden gleichgemacht?

- Lauter Kleinkram, das Hauptproblem bleibt noch zu lösen.

- Und das wäre?

- Afrika.

- Dieses riesige grüne Dreieck zwischen Atlantik und Indischem Ozean?

- Stimmt, Afrika ist ein kleines bisschen größer als unsere früheren Projekte. Wenn wir aber alle unsere Ressourcen einsetzen...

- Was kostet uns das Afrika-Projekt?

- Alles, Liebster - antwortet sie freimütig mit einem Lächeln, bei dem sich der Mann wie eine Unterlegscheibe zwischen zwei Bolzen eingekeilt fühlt.

- Was? Wie groß ist das denn, dieses Scheiß-Afrika?

- Oh, nicht so groß, keine Sorge.

- Wie groß? - alarmiert sich Mr. Chomsky wie eine Gazelle, die die Schritte eines Löwen hinter sich hört.

- Ein Fünftel der Erdoberfläche.

- Ein fünftel? Shit!

- Wir haben aber noch jede Menge Geld.

- Das ist eine gute Nachricht.

Doch die Überraschungen für Mr. Chomsky sind noch nicht vorbei:

- Kommt darauf an... für das Afrika-Projekt müssen wir Opfer bringen.

- Das heißt?

- Nichts Besonderes: ein paar Bilder verkaufen, vielleicht alle, eine Hypothek auf das Haus aufnehmen. Wir werden die nackten Wände einfach mit allen Hypotheken tapezieren, die wir zur Rettung der Welt kriegen können... findest du das nicht schön?

- Ach, du liebe Zeit, dann müssen wir am Ende noch unsere Unterhosen einsetzen? - sorgt sich der alte Mann.

- Keine Sorge, mein Lieber, niemand wird dir die Windel vom Hintern reißen!

- Ich habe eher den Eindruck, dass mir jemand etwas in den Hintern steckt... - murmelt er mit einem letzten Anflug von Stolz.

- Das ist das Thermometer. Hast du dir selbst reingesteckt. Typisch: kindliche Regression, anale Phase. Alte Leute werden eben wieder zu Kindern.

- Verdammte Scheiße, wozu habe ich dich eigentlich geheiratet? Ich weiß es nicht mehr?... Damit du mein Geld ausgibst? Um mir das Thermometer in den Hintern zu stecken?

- In Wirklichkeit hast du auf mich geschossen. Mit meiner Pistole. Die war aber blind geladen, weil ich dir kein Leid zufügen wollte. Ich wollte dir nur eine Lehre erteilen. Also, von Gewissensbissen geplagt...

- Gewissensbisse? Ich habe nicht die geringsten Gewissensbisse. Ich habe noch nicht einmal mehr eine Prothese...

- Die habe ich dir im Schlaf rausgenommen, damit du dich nicht in die Zunge beißt. In was würdest du denn sonst reinbeißen, Liebster?

- In eine Titte, einen Mops, eine Brust, eine Wassermelone ...

- Im Augenblick musst du dich mit dem Thermometer begnügen.

- Das Thermometer stecke ich mir jetzt wirklich in den Hintern.

- Tu's doch, *du* musst es dir ja morgen wieder in den Mund stecken.

- Du legst mich doch jedes Mal wieder herein. Seit du in dieses Haus gekommen bist, hast du mich in einer Tour hereingelegt. Ich war ein knallharter Kapitalist, ein skrupelloser Finanzhai!... Jetzt bin ich ein Knirps und muss um das monatliche Taschengeld betteln. Du hast mich umgedreht wie eine Socke. In deinen Händen bin ich zu einem... a propos, wie heiße ich eigentlich? Wo bin ich? Im Krankenhaus? Bei mir zu Hause? Und wer bist du? Meine Krankenschwester? Kann ich mir das alles überhaupt leisten? Nage ich am Hungertuch? Kann ich mit dem Trost sterben, dass mein Leben scheußlich war und deshalb in aller Ruhe von der Bildfläche verschwinden?

- Wenn du so tust, als seist du ein armer Mann, bist du richtig süß. Du machst das doch nur, um mich glücklich zu machen!

Plötzlich klingelt das Telefon. Der Anrufbeantworter beginnt mit der aufgezeichneten Stimme von Cheryll-Rose:

Wir sind nicht da oder, falls wir da sind, wollen wir nicht antworten. Warum nicht? Wollen Sie wissen, warum? Weil Sie uns auf die Nerven gehen. Wir brauchen nichts und niemanden, am allerwenigsten Einkauf-Tipps oder Angebote für Geldanlagen. Früher oder später wird die Welt sowieso einen Furz abfeuern und ihren letzten Atemzug aushauchen. Deshalb kümmern Sie sich um Ihren Kram und wir kümmern uns um unseren. Verstanden? Fahren Sie zur Hölle! (Pause) Wenn Sie aber partout nicht darauf verzichten können, hinterlassen Sie eine Nachricht... hoffen Sie aber nicht darauf, dass wir zurückrufen... weder heute noch irgendwann. Küsschen!